[美] 贾里德·霍奇斯 著
林 赛·希伯斯
王冬玲 译

——如何绘制拟人化的小动物

上海人民美术出版社

图书在版编目（CIP）数据

动物精灵：如何绘制拟人化的小动物／（美）霍奇斯
（Hodges，J.），（美）希伯斯（Cibos，L.）著；王冬玲译
—上海：上海人民美术出版社，2010.11
（动漫洋学堂）
ISBN 978-7-5322-6998-3

Ⅰ.①动… Ⅱ.①霍… ②希… ③王…
Ⅲ.①漫画—技法（美术） Ⅳ.① J218.2

中国版本图书馆 CIP 数据核字（2010）第 201812 号

合同登记号：图字：09-2010-344
Right manager：Ruby Ji

动漫洋学堂
动物精灵
——如何绘制拟人化的小动物

著　　者：[美] 贾里德·霍奇斯　林赛·希伯斯
译　　者：王冬玲
责任编辑：姚宏翔　丁　雯
封面设计：周川鹍
技术编辑：戴建华
出版发行：上海人民美术出版社
（地址：上海长乐路 672 弄 33 号 邮编：200040）
印　　刷：上海丽佳制版印刷有限公司
开　　本：889×1194　1/16
印　　张：8
版　　次：2010 年 11 月第 1 版
印　　次：2010 年 11 月第 1 次
书　　号：ISBN 978-7-5322-6998-3
定　　价：45.00 元

作者简介

贾里德·霍奇斯和林赛·希伯斯这对艺术家组合专门进行插图和序列艺术的创作。他们的作品包括 Peach Fuzz，这是一部图片小说集，讲述一只名叫 Peach 的雪貂和其年轻的主人之间的故事。贾里德和林赛还创作了众多关于创作指导的艺术作品，其中包括《数码动漫工作室》（Digital Manga Workshop）这本书。目前他们居住在阳光明媚的佛罗里达中部。如果有兴趣可登录 www.jaredandlindsay.com 查询更多关于这两位艺术家和作品的信息。

致谢

在此向以下所有人表示衷心的感谢：

感谢我们的家人和朋友在我们竭力创作时表现出的爱心和耐心。

感谢 F+ W 媒体集团的工作人员：感谢帕米拉·威斯曼给予我们创作此书的重任，感谢本书的编辑玛丽·博斯蒂克的深刻见解和在整个过程中给予的帮助，感谢温迪·邓宁的辛勤设计排版工作。

感谢缪，凯利·汉密尔顿，罗斯·贝奇和玛丽·布兰肯希普的慷慨仁慈，允许我们在此书中使用他们画廊的作品。

皮毛动物大家族是我们创作灵感的源泉，再次深表谢意。

周围环境中所有的流浪猫和狗都充当了猫科动物和犬科动物形象的原始模型，再次深表感谢。

最后，感谢亲爱的读者。

谢谢！

我们的创作分工

本书中的大部分图片，从最初的草图到最后的成品，都是贾里德或是林赛独立创作的。但是，有时我们也合作构思动作姿势和场景，分工协作等。例如，贾里德绘制扉页上猫科的毛发，而林赛则负责上色。

目 录

前 言

　　一只长着刺猬鼻、浑身长满刺毛的类人两足动物晃悠进房间。紧跟其后的是一只欢快的、唱着歌的、长着翅膀的小猪。看到人时，他们就露齿而笑，邀请你加入他们。在生活中偶遇这些稀奇古怪形象的概率几乎是零（或许除非猪也会飞），但是这些拟人化的动物，在我们的想象中却无所不在。

　　皮毛类动物形象，即拟人化动物，这是个较新的概念。曾在上世纪80年代风靡一时。但这种将人类与动物并置的艺术与故事却是由来已久，具有几千年的历史。例如，古埃及人就崇拜兽性神——Anubis 豺头人身神。拟人化的、身着和服的狐狸、浣熊、小狗、小猫等其他动物形象曾经是经典日本浮世绘作品的永恒主题。美洲印第安神话、文学作品如伊索寓言中都曾出现过这种会说话的代表人的动物形象。

　　通俗文化中的拟人化动物形象也深入人心。会有谁不熟悉米老鼠和兔八哥这些超级动画明星呢？走进街角的超市，在早餐食品架上，映入眼帘就是装饰在麦片粥外包装上会说话的吉祥物形象。更常见的还有体育运动队和公司商标上的吉祥物形象。

　　显而易见，大众喜欢并迷恋这些卡通形象。或许是因为动物这种元素能给人以力量、速度和其他多种特征，并赋予人物更强烈的视觉冲击。另外一个原因有可能是，赋予动物人类才具有的种种能力，或恰恰相反，赋予人类动物才具备的各种能力，正是我们人类所热衷的事。当然了，动物本身具备的吸引力也不可小视。

　　总而言之，生活中充满这种艺术。很可能你还有兴趣把它们画出来。那就跟我们学吧。本书分步骤讲解如何绘制不同的动物形象——尾随的猫、吵闹的狗、飞奔的骏马和翱翔的小鸟。掌握了绘画要领后，其次讲解上色程序，最后是背景的绘制。现在就准备好画具，跟随我们开始吧。

兽群
作者 贾里德·霍奇斯
25cm×30cm

皮毛混合画

拟人化动物是人类和动物性质的混合体。（拟人化就是赋予非人类物种以人类的特质。）拟人化的水平高低取决于艺术家天马行空的想象力。

换句话，取一个比例，一边是人的特征，另一边是动物特征。挪动这个比例，绘制出的形象就会变得要么更像人类，要么更像动物。

例如，融合人与狐狸这两种形象时，可以选取一些狐狸的外部特征，如尖尖的口鼻，浓密的尾巴，运用到人身上，这样就会创作出一个貌似狐狸的人物形象。相反，选取一些人的表现力（面部特征、肢体语言、语言表达能力），运用到狐狸身上，创作出的形象就会截然不同。尽管以上两例都是从基本的元素（人和狐狸）开始绘制，结果却相差很大。

绘制拟人化动物时，要考虑清楚想要突出表现的特征。搞清楚是需要更多人类的元素还是动物的元素。这样就会创作出无数件不同的作品。

人形
这个人直立的橘红色头发不由得使人联想起了狐狸的皮毛，但他只是一个普通男性而已。

开始创作
不同动物具有不同步态和特别的称呼。以下是本书中出现的术语概览。

两足动物：凭借双足运动的生物，如人类和鸟类

四足动物：凭借四肢运动的生物，如猫、狗和马

蹠行动物：靠脚底运动的动物，如人类和熊

趾行动物：靠脚趾运动的动物，如猫、狗和鸟

蹄行动物：靠蹄子行走的动物，如马和羊

拟人化的狐狸

身穿外衣，双腿直立，面露微笑，蓄着头发，这个形象按理说更像人类。他身上具有狐狸特征包括耳朵、口鼻、高挑的身材和趾行姿势。

突出独特的身体特征

拟人化创作有很多种方法。要考虑清楚哪些生理特征是最具代表性的。

想象中的狐狸

毫无疑问，躯体是狐狸的躯体，但是一对眉毛和张开的嘴巴赋予了它人类特有的表达情感的方式。这双富有表现力的眼睛使狐狸具备了一丝神奇的魅力。

一般狐狸

这只狐狸表情黯淡。不具备任何人类的特色，但也不能由此说它不好。

艺术风格

　　每个作者都赋予作品自己独特的风格，包括绘画和着色技巧，用以表现或突出的绘画要素等。

　　如果是初学者，还没有形成自己的风格。没关系，慢慢培养。开始练习绘制拟人化形象时，逐渐会发现自己的特色的。也可以研究别人的作品以获取灵感和创意，但这不是唯一渠道。仔细观察生活，研读图片，获取主题内容的种种特征，这是培养风格的关键一步。

　　先来认识一些常见的绘制拟人化形象的方法。以下例子都是以产于非洲的黑斑羚为主题的作品，但结果却因方法的不同而不同。

认识你的主题内容

仔细研究黑斑羚的各种特征。第一步，先了解对象，而不是风格。不了解黑斑羚的外貌，如何能画出来呢？黑斑羚全身长满栗色的短毛，从下到上颜色逐渐变深，纹理黑白相间。体重较轻，四肢纤细，脖子细长，举止优雅。雄性的羚角呈 S 形。

卡通风格

这件黑斑羚作品令人想起动画片中的人物。特征塑造完美，细节较少。面部表情柔和而特色鲜明。富有情感表现力，双眼和双耳被放大。羚角由僵直变得更光滑。颜色还是标志性的着色，但纹理和其他很多方面的设计都大大简化了。

现实风格

这件作品注重捕捉动物相似性间的细微差别。面部、长脖子、细腿和毛发纹理都在比例上忠实于黑斑羚的特征。尽管躯干和胳膊都具男性的特征，但下半身严格遵守着黑斑羚的比例结构。

半现实主义风格

在这件作品中，黑斑羚身体特征依然是现实主义的，但加入了更多人性的元素。像人一样，头部较大，脖子较短。面部表情更具人类的表现力，会思考的眼睛和眉毛，嘴唇似乎在动，耳朵和眼睛也较大。头部上方的头发和人的头发一样，只是更长些。腿部依然是黑斑羚的腿，尽管依然保留有一双蹄子，但小腿变短了，感觉像是人腿。

绘画基础：人体结构

人的形体常常是绘画的基础，所以在绘制拟人化形象之前，有必要先来认识人体结构。

人体的形态和大小各异，但以下比例适用于所有人：

- 双肘与腰部对齐
- 手腕与腹股沟对齐
- 臀部是整个身体的中心

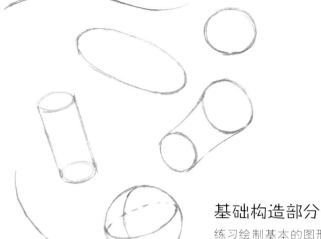

基础构造部分

练习绘制基本的图形和流线，用轻描和速写绘制流畅的有机线条。画好圆圈和椭圆形状图形后，尝试将这些形态连接起来，从而绘出 3D 图形。

预备，开始

为了确立活动的方向，艺术家在绘制人物之前，先画出一条虚线，也就是活动线。这样有助于绘出有力而富有动感的姿势。这条线有时沿着脊椎绘出，但不全是这样。更多的是把它当做指引人物活动的力，而不是身体的一部分。

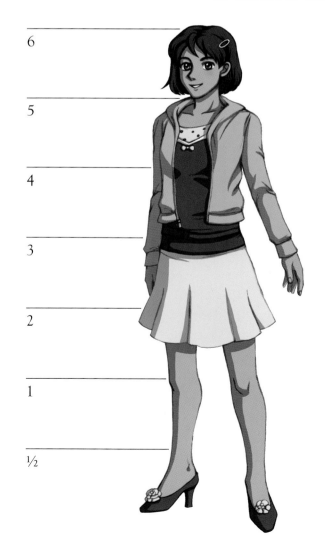

保持比例

艺术作品中身体的比例是用从头到身体的比例来衡量的。通常，成年人大约是 7—7 个半头的比例（8 个头的比例是很高的了）。青少年的比例是 6—6 个半头。儿童的比例是 4—5 头。婴儿的比例是 3 个头。值得注意的是，成人的躯干大约为 3 个头的高度。记住：这些都指的是普通人。

性别差异

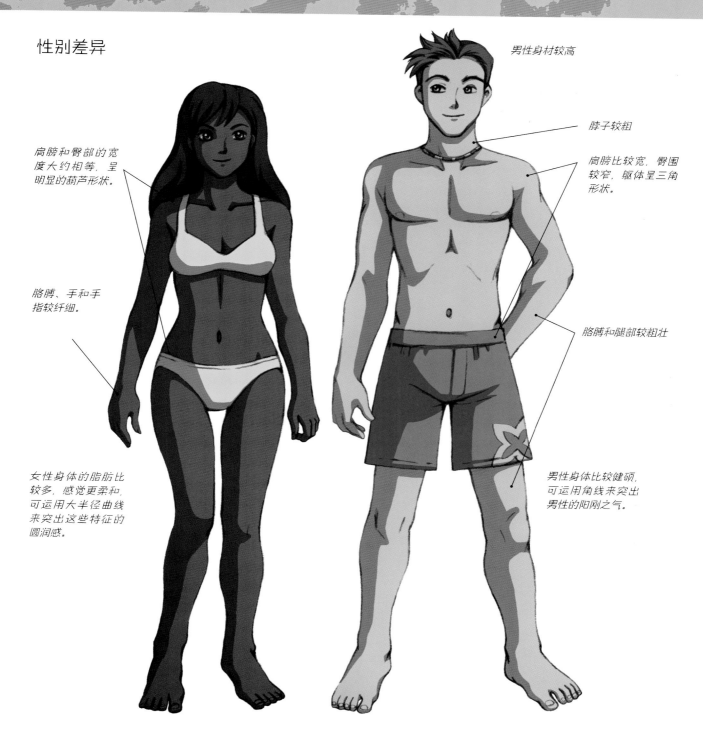

男性身材较高

脖子较粗

肩膀和臀部的宽度大约相等，呈明显的葫芦形状。

肩膀比较宽，臀围较窄，躯体呈三角形状。

胳膊、手和手指较纤细。

胳膊和腿部较粗壮

女性身体的脂肪比较多，感觉更柔和，可运用大半径曲线来突出这些特征的圆润感。

男性身体比较健硕，可运用角线来突出男性的阳刚之气。

动物的性别差异

许多动物也有性别的差异。这些差异表现在大小、色彩、有无触角、羽毛、茸角或牙齿上。例如，许多鸟类，如图所示的北美红雀，雄鸟（左）的羽毛色彩更艳丽。仔细研究你的对象，并将这些细节融入设计中，才能创造出更真实的作品。

第一章

猫科动物

　　无论是卡通形象的猫还是日本动漫中最具人性的猫女和猫男形象，这些艺术与动画中的动物和真实生活中的猫一样深入人心。之所以大受欢迎，也许是因为猫生性友善，举止优雅的缘故，比如，直视的表情和晶莹剔透的大眼睛。不管是哪种原因，无论是令人敬畏的野猫猎手，还是喵喵叫的家猫，都是人类的座上宾，是人类崇拜和迷恋的对象。悦耳的叫声，三角形状的耳朵，不安分的舌头，拱起的身体，这些特质是多么的令人神往啊！难怪艺术家们不厌其烦地将它们融进人类的品质中加以表现。

　　本章介绍猫科动物结构的基本内容，既有可置于巴掌之中的小猫，也有张大嘴巴立于双手中的大猫。下面就跟着本书来绘制你的拟人化猫科形象吧。

商场里的猫们
作者 贾里德·霍奇斯
22cm×30cm

面部

家猫的种类繁多，颜色各异，但主要的面貌特征都是熠熠生辉的眼睛、小而圆的口鼻和尖耳朵。绘制时，突出这些鲜明的细节特征即可。

眼睛的绘制要点

猫的眼睛大，适合夜间捕猎。家猫眼睛在强光下会眯成一条缝，但在暗淡的光线下却会变得又大又圆。猫的瞳孔总是鼓得大而圆。如果你要绘制的形象只是局部，既可以使用猫眼，也可选用人眼，这些取决于你要表现动物的哪些方面。

1 先从画圆开始

先画一个圆（不必用圆规，无需追求完美），然后画一条纵向的参考线穿过圆曲面，来平分头部。最后画一条横向参考线，穿过面部。这个十字准线标明了面部瞄准的方向。

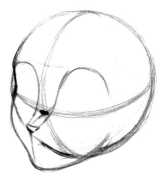

2 绘制口鼻

从十字准线延伸画出一条线，然后在这条线的末端，画猫的三角形鼻子。从鼻子底部向下绘出十字准线，形成下巴位置。从鼻子两边拉出两条朝上的曲线。

3 绘制耳朵、眼睛和嘴

沿着水平线画出眼睛。使得两只眼睛位于拱形眉毛的正下方。从鼻子底部拉出两条 U 形线形成嘴巴。然后，在头部上方画猫的大耳朵。可在耳朵的顶部画条线使两只耳朵对齐。

4 添加图案和细节

擦掉十字准线，开始画面部细节。描粗眼睛和嘴部周围的线条，从而突出这些重点区域。然后，如果喜欢的话，可画出绒毛图案。如果图案复杂，可以参考图片来画。也可自己创作图案，画出神奇的小猫!

5 添加毛发和颜色

在毛发的衬托下，人物显得更真实。记住毛发一定要画在耳朵的四周，否则就没有立体感了。最后一步是上色。上色时，可选用真实猫当做实体参照物。但记住：绿色的猫如果配以蓝色的毛发就会脱离实际，不会为人所接受。

绘制猫的眼睛

1 绘制基础轮廓

先画个圆，画条水平线作为眼睑。在靠近鼻子最近的眼睛边上拉出一条斜线，形成眼睑的内角，即眼角。涂黑眼睑下方这部分圆圈，界定眼球的位置。

2 绘制虹膜和瞳孔

画一条线将眼角和眼球连起来。画个圆作为虹膜，通常猫的虹膜要占据整个眼眶的位置。既然这件作品是拟人化的小猫，可以在虹膜周围画些巩膜，融入人类的特征。在虹膜中央画出瞳孔（圆的或细长的形状皆可）。

3 添加细节和颜色

擦掉作图线，给眼睛周围添加细节，如果喜欢的话，甚至可以为猫加上睫毛。然后是上色。猫的眼睛通常是蓝色、绿色或金黄色。猫眼会发光，所以上色时，尽量使它闪闪发亮。

全身

绘制猫女时，记住家猫的这几个特点：光滑的毛发、小巧而紧凑的身材、轻盈的步履。然后对身体比例作相应的调整即可。因为猫女还处于青少年（既不是小猫，也还未成年），所以身高应该为 6 个头高，而不是成年猫的 7—8 头高。

着装小贴士

尽量使猫的着装轻盈，除非你想要个全身裹满皮毛的形象。尤其是在关节周围，记住添加多根线条，来表现褶皱和折痕的效果，因为这些地方的纤维易于凸起。

1 绘制身体的基本轮廓

先绘制一条充满动感的活动线（见第 10 页），来表现猫女的活力和轻盈。再画圆圆的猫头，还有十字准线。大致沿着活动线，从上而下画出脖颈和三个躯干部分。从身体中部画出参考线（这样便于达到对称的效果）。

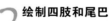

2 绘制四肢和尾巴

从脊椎底部画条尾巴。然后，在胸部和盆骨的圆形连接处画出四肢。因为猫女的身体是稍侧位，所以左边的关节是看不见的。大约估计一下这些隐藏的关节所在的位置，画一条穿过身体的参考线。也目测一下，画出身体交叉处的四肢部分，最后再擦掉。

3 **擦掉身体上多余的线条，绘制面部**
沿着轮廓线，修饰线条。擦去作图线。在没有衣服遮盖的区域，填上细节内容，比如手指。因为要穿鞋子，所以脚面不用修饰。接下来，绘制面庞。描上眉毛。紧闭三角形的嘴唇，这样就会给人以一丝邪恶的冷笑。谁不会把她视为一个坏孩子呢？

4 **绘制毛发和着装**
画好毛发和其余面部细节后，就来画着装，可按照步骤3中讲到的身体线条进行绘制。关于鞋子，按照脚的形状，削尖脚趾，加上鞋跟。

5 **上色**
因为是拟人化的小动物，考虑使用毛绒的图案、颜色和皮肉。猫的虎斑图案很简单，有三种主色构成：橙棕色毛皮、面部周围的一丝白色和遍布全身的深色条纹。

猫科动物的身体特征

你已经开始绘制猫科动物拟人化形象了。下面是一些小贴士和建议，供你参考，帮助你绘制出不同类型的尾巴、手爪和图案。

手爪和脚爪

猫科动物的前爪肉垫上方通常有四个短而粗硬的手指和一个大拇指，后爪没有大拇指。至于如何表现这些特征都取决于你自己。

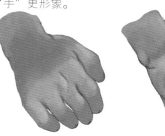

猫的"手"

从结构上看，这些手更像是人的手，但加入了皮毛、可伸缩的爪子和手指下方的肉垫，使得猫的"手"更形象。

猫爪

这些手更丰满，更像猫爪。

豹纹图案

老虎条纹

猎豹斑纹

皮毛图案

猫身上的图案多种多样。上面是不同野猫的皮毛图案。上色时，先描出整个皮毛的外观图案。然后再描顶部的花纹。自然的线条是粗犷的，除非你刻意要简单或卡通的外观，否则请不要画完美的圆形图案和直条花纹。

绘制 A 形图案

你绘制的形象不一定非要有生活原型。运用不同的色彩和图案，充分发挥想象力和创造力，绘制全新的人物形象吧。不管是绿色的、蓝色的、斑点图案、条纹图案，还是漩涡图案都可以，动手去做吧！

绘制猫的尾巴

最简单的就是画尾巴，尽管也要有曲线。尾巴的魅力在于其图案、绒毛和身体语言。

尾巴代表不同的情感

用尾巴可以来表现猫科动物的不同感受。以下几例仅供参考。

1. 绘制一个简单的轮廓

先画个基本的管状图形，画出预想的挥舞感和弯曲度。注意长度的选择。太长，切掉一些就行。

2. 添加毛皮和图案

长的或短的毛发，能使尾巴更蓬松、更柔软（猫的类型不同，毛发的长短不同）。擦掉线条，开始画图案花纹（比如豹纹图案）。尾巴是弯曲的形状，所以图案也要弯曲。不要画得太过扁平。

有点羞怯

扬起的尾巴表示心情不错，但是尾巴尾部弯成钩子形却表达出一丝不情愿的情绪。

想打架吗？

当心！耸起而又膨胀的尾巴表示他受惊吓或是愤怒了。

心情不佳！

如果他猛烈地，前后摔打着尾巴，那就表示他被激怒了。

将尾巴与身体连接起来

尾巴与身体连接的位置恰好在脊椎末端。典型的猫尾可以延伸至距人类脊椎外20个椎骨的位置。

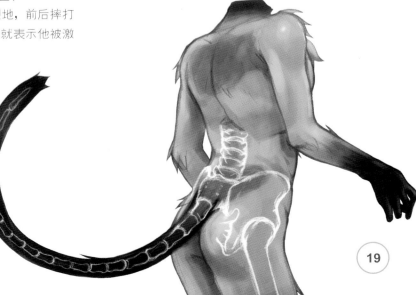

动作姿势

因为猫天生柔韧性好，所以常常受到摄影师的青睐，被用来拍摄各种动态照片。在我们的脑海里常常浮现的是，它们柔软的身体扭曲蜷缩成充满活力的各种动作姿势。

潜行的猫

猫科天生适合从事各种隐秘的间谍活动。平时行动诡秘，腮须又能帮助猫嗅出周围环境的气味，确保全身不会嵌入太挤的地方。

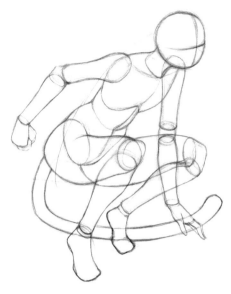

1 绘制基本姿势

画出基本图形的草图。使猫的身体保持弯曲和隐秘状态，但随时会伺机而动。使猫的尾巴向前翘，以保持身体的平衡。

2 绘制身体线条和着装细节

绘制身体和面部的细节部分。把身体当做着装的基础。这只小猫身穿垫有盔甲的套装，外套贴身合适，紧紧裹住身体（除了连接处的褶皱外）。偶尔添加些细节内容，诸如服装接缝，会使设计更有趣。

3 上色

考虑好准备使用的色彩，最好与动物品种、职业相匹配。这个行事隐秘的猫女不愿表现张扬，所以可配以暗绿色这类中性色。灰白色与蓝黑色相间的盔甲打破了单一的绿色调。因为这个人物是俄罗斯蓝猫，所以配以短小而时髦的蓝色头发和灰蓝色的皮毛更符合它的特点。

篮球场上的美洲狮

我们常常会看到猫科动物随意腾空跃起，就能达 6 英尺高。大型猫科动物如美洲狮，能跳得更高。这种非凡的技能使得猫科动物能在篮球联赛中轻松地起跳，超越对手的高度。

1 绘制基本姿势

这是一头雄性美洲狮，所以应该增强上半部身体的力量，尤其是上肢的力量，而臀部以下可以瘦削些。健硕的双臂和宽阔的胸膛是力量的象征。运用透视缩小法表现出美洲狮向观众扑来的感觉。如何做到这点呢？在人物的底部画一条灭点（见 104 页）。画一条参考线至灭点，有助于使人物身体，随着距离的拉远，一直呈一条线的状态。

2 添加细节和色彩

给美洲狮配上运动衫，这样就可以成为自己心目中的篮球明星。绘制衣服时，运用自然的参考线。运动衫两侧向下的线条也应与脚下的透视点相一致。然后，开始上色。由下而上地上色时，采用的渐变模式为由深及淡，会给人带来强烈的视觉冲击。

猫科动物之间的细微差别

不同猫科族类之间的差别非常小。只需修改比例、图案和毛皮的长度，就可将普通的家猫变身为野猫或其他种类的猫科动物了。

大型猫科，诸如狮子、老虎和猎豹，具有与小型猫科近亲相同的外部特征，身体健壮结实，皮质厚，口鼻较大，眼睛的位置偏上。尽管身材高大，但是眼睛和耳朵的比例，与家猫相比更小些。无论画哪种类型的猫科，最好弄清楚要表现的身体特征。

2.用长发代替长皮毛

因为波斯猫是长毛品种，所以修长而茂密的头发可以替代长长的皮毛。

1.绘制波斯家猫的面部

波斯猫的典型特征是，圆圆的面庞和毛绒的外观。使鼻子位于距十字准线较近的位置。鼻子应位于十字准线稍下的位置，嘴巴横穿脸部。

2.面部使用浓密的皮毛

将口鼻处厚厚的皮毛绘制成乱蓬蓬的一片汗毛。只需滤去颚骨周围的皮毛。雪豹的居住地比较寒冷，所以它的毛会粗而蓬松。

1.绘制雪豹的面部

将参考线从十字准线的位置延伸形成一个心形的鼻子。然后沿着鼻子周围画出大型猫科动物长长的鼻子。在距十字准线的四分之一距离处画出眼线。两眼之间的距离稍微宽于鼻子。最后画耳朵，比家猫耳朵要小。

狮子——威严的
百兽之王

像人的发际一样，雄狮的
鬃毛环绕着整个面庞，顺
着前额、耳前部垂落下来，
一直到面颊和脖颈处。狮
子这种独有的特征，使狮
子本来就很大的头显
得出奇地大。

猎豹——天生为速度而生

猎豹的速度是天生的。想创造出与众不同
的拟人化动物，可以绘制苗条的流线型身材、
细腰和修长有力的两条腿。

形态学

绘制拟人化猫科动物的方法有多种。通常的做法是，先画个长着两只三角形猫耳朵的人形，还有尾巴、猫鼻子和细微的面部纹理等这些方面都能创造出独特的人物形象。

或者，恰恰相反，先画个90%像猫，10%像人的猫科动物形象。换句话说，就是先画一个猫科的身体，再画人类的特征，比如，头发、衣着和面部表情。

流浪猫孩

1 绘制草图
草图能帮助你想象出一个粗略的图像。先快速绘制一个较小的草图。无需像人物线条画那样成熟。画出自己喜欢的草图后，就把它当做是人像艺术的基础吧。

2 绘制身体结构
先画个身材瘦削的形象，确定好框架结构。记住不要画出太多的肌肉来，否则就不是猫孩，而是猫男了。保持身体姿势挺直，双脚间的力量分布均匀。

3 完成草图
无需绘制一条区分头部皮毛和耳朵上皮毛的硬线条。头部的毛发就可以被用来直接当做耳朵。最后画出严肃的表情和稀疏的衣服就完成了。

顽强不倒的幻想猫

1 从基础形态开始
绘制一个圆，画出十字准线，区分面部和眼睛部分。再画两个圆，构成猫的整个身体图形。再沿着圆圈的中心，画出参考线，使上半身和下半身与头部呈一条线。这时，幻想猫的外表有点像雪人。对了，就是这样。

2 绘制身体部分
画出双腿，使双脚稍微重叠，从而产生立体感。然后，画条长长的管状尾巴。尾巴由细逐渐变粗，似乎是向观众缓缓伸过来。画出面部的耳朵、口鼻、眉毛和面颊等基本形态。

3 添加细节
沿着面部的水平线画出眼睛。眼睛靠里倾斜，眼睑稍微向下，这样一个狡猾的幻想猫就绘制好了。即使眼睛是半闭合的状态，也还是要画出整个瞳孔才能有助于达到合适的形状。使用锐角铅笔笔画，画出皮毛和头发，给人以粗糙的毛边的感觉。将绷带绘制成微微的弧形，与弯曲的尾巴相搭配。

4 修饰和上色
擦去作图线，修饰所有粗糙的线条。将底层身体结构看作是绘制有毛绒衣领皮夹克的指南。最后一步是上色程序。

第二章

犬科动物

　　犬科是毛皮动物艺术中最受欢迎的动物之一。犬科种类繁多，有我们熟悉的家畜——狗、野狐狸、狼等。众所周知，犬科家族的成员为人类履行了很多职责，包括成为人类的宠物、伙伴和保护者，但也是狡猾的动物和受人尊敬的人类劲敌。这些体格健壮、外表美丽的肉食动物在体形和身高上大不相同，但是它们的共同特征是长鼻子、修长的身体、犀利的牙齿和浓密的尾巴。

　　经历成千上万年的选择性育种，现在孕育出了超过 400 种人类广为熟知的犬科品种。但是还是没有繁殖出一种会说话的两足动物。同时，喜爱毛绒动物的爱好者和拟人化艺术家却一直在纸上创造着这种可爱的动物形象。

　　犬科拥有 30 多个种类，一个章节不可能涵盖所有的内容。幸运的是，尽管犬科种类繁多，但是所有动物都具备相似的特征。通过学习它们的小部分基本特征，我们就可以再现，甚至创造出独一无二的混合物来。因此，解开拴住动物的皮带，放任它自由驰骋吧！现在是犬科时间。

小狗约会
作者　林赛·希伯斯
17cm×18cm

面部

大部分犬科动物（包括狼和狐狸）的一个共同特征就是长长的鼻子。掌握绘制鼻子的要领是关键，而且也是绘制其他毛皮类、羽毛状和鳞状动物形象的基础。

在以下例图中，你将尝试画毕尔格猎犬。比起成年狗来，小狗的口鼻粗而短。请时时刻刻记住这些圆圆可爱的特征。

构思形状

将鼻子想象成一个附着在头部前端下方的3D圆锥形或六边形。很明显，小狗的鼻子不像硬边的六边形那样有尖角，也不会像圆锥形的管状物，但是这样去思考是有益的。一旦头脑中构思好了基本形状，就开始精雕细刻，最后画成一个外观自然的鼻子。

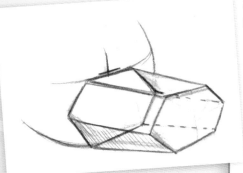

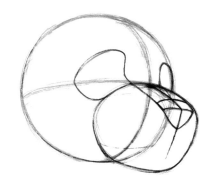

1 画个圆圈，开始绘制鼻子
先画个圆，给面部绘出十字准线。从十字准线处拉出一条弯曲的、向下的倾斜的参考线，在线的尾端画出宽宽的三角形鼻子。从鼻子的尾端拉回两条线至圆圈处，形成鼻梁。添加一条线穿过鼻子，位置就在鼻子三角形的稍后处，就可以达到立体的效果。

2 绘制鼻子和额头
从鼻梁与头部的汇合处，画个圆形从面部突伸出来，即是小猎犬的球状鼻。环绕面部，延长鼻子上方的线条，然后返回与鼻子连接起来，就是眉毛。小猎犬的眉毛通常是下垂的。先高后低，深陷进两颊。

3 绘制眼睛、嘴和耳朵
沿着水平十字准线，在眉毛的正下方画出眼睛。将小猎犬的上嘴唇画成W形的线条。使下嘴唇的前部稍微下垂，然后在靠近脸部的位置向上提拉。下巴下方藏在下嘴唇位置，所以不要画得太大。在眉毛顶部的稍后一点的位置画出小猎犬下垂的耳朵。

4 添加细节

最后画出瞳孔、亮光区和其他有趣的细节。给眼睛上面添加眼睑的褶纹,眉线上方加上眉毛。绘制一对鼻孔,完成鼻子。添加嘴巴细节,包括牙齿和舌头。最后,擦掉参考线,画出小猎犬的皮毛图案。

5 添加毛发和色彩

为小猎犬设计一个尖尖的发型,正好与毛皮动物顽皮的个性相匹配。记住毛发应画在头顶和耳后。上色时,突出并加亮湿润的部位,比如眼睛、鼻子和舌头,使其闪闪发光。

绘制犬科动物的眼睛

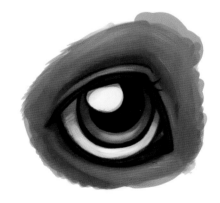

1 绘制基本形态

先画个圆作为眼球。绘制一条穿过眼睛的水平曲线,形成眼睑。将眼睑向上扬起,然后逐渐朝着脸外部下垂。

2 绘制虹膜和瞳孔

绘制一条线,联结眼球内侧和眼睑。再从里向外画几个圆,形成虹膜和瞳孔。犬科的瞳孔很大,所以放心地画,使瞳孔占据整个眼球的绝大部分面积。圆圈的位置应位于下眼睑的稍下方。

3 添加最后的几笔和上色

用深色笔描粗眼睑边缘。然后,绘制一条眼睑上方的褶皱线。添加睫毛等小的细节,最后修饰清理,擦掉作图线。小猎犬的眼睛通常呈棕色,眼睑边缘呈黑色。

全身

犬科动物主要靠身体语言和面部表情传达情感。小猎犬属于友善而好社交的一类，所以应该赋予它能表达出这种个性特征的身体姿势。

1 绘制基本形态

先画一条动作线（见第10页）以确立整体定位，并保持姿势挺直和自信心十足的样子。然后画个带有十字准线的圆，形成头部的位置。接下来，绘制身体躯干部分。记住向下画时，要使身体的中心线一直保持对齐。

2 绘制四肢、尾巴和面部

绘制头部的细节部分，包括口鼻、眉毛和耳朵。画出四肢。交叉的双臂有些迷惑人。一步步来画。先画右臂抱着身体，然后画压在上面的左臂（抓着另一只手臂的肘部）。最后绘制瘦削而翘起的猎犬尾巴。

3 绘制身体轮廓

清理多余的线条，确定身体框架。如果打算给人物形象穿衣服，就无需详细绘制骨骼部分（比如皮毛和爪子）。猎犬的表皮有几处色泽鲜明的区域。轻描出主要的皮毛图案，然后配上衣服和小道具。

4 绘制衣服

先从最重要的衣物画起。画出上衣外套，其次画内衣露在外面的部分。然后画下身的裤子和鞋。和绘制身体时一样，先确定基本形态，再添加细节内容。最后擦去包在衣服里面的那些线条。

5 添加细节和色彩

增加一条皮带和项圈。再确定衣服的褶皱部分，然后画裤子口袋和接缝处。第二步，上色。在皮带和皮带扣部位，使用鲜亮的高光，突显出金属的特质。给短上衣、裤子和衬衣配以中性色，以突出彩色的鞋子和项圈。当然你也可以设计你自己的色彩组合。

犬科动物的身体特征

尾巴、手爪和牙齿这些细节内容是绘制拟人化犬科动物的核心。认识这些特征就能帮助我们绘制出鲜活的狗、狼和狐狸形象。

犬科的尾巴

犬科的尾巴种类多样，包括短小粗壮型、卷曲茂密型和细长如鞭子型。而狼的尾巴形状如鱼雷，布满皮毛。

细长的尾巴

粗毛锐目猎犬像灰狗和（赛跑用的）小灵狗，这些动物都长着细长的尾巴，和腿的长度差不多。注意，尾巴要稍微弯曲，尾巴末端有绒毛。

短小·而弯曲的尾巴

哈巴狗的尾巴短小，外观很像桂皮甜面包。可从脊椎端开始，画一条向上的线（哈巴狗的尾巴不下垂）。将线条卷成螺旋形。再填充血肉和毛皮，使其充盈。运用亮光斑点表现毛皮的纹理结构。

肥大而毛发茂密的尾巴

牧羊犬长着长长的毛发和浓密的尾巴。可将其画成狼的尾巴，但要添加更多的皮毛。在其身体上多绘制些皮毛，就能表现出长毛狗的特点。

绘制狼的尾巴

1.从基本线条开始

从后背部拉出一条曲线。狼尾巴的长度大约是上身长度的一半。

2.绘制基本形态

沿着线条绘制尾巴的形态。同时注意使尾巴呈中间稍圆两边逐渐变细。

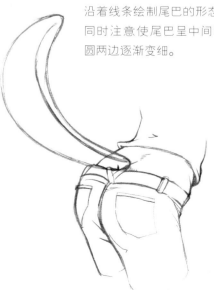

3.添加皮毛和图案

开始绘制皮毛和图案。记住尾巴是圆锥形。如果改变了尾巴的长度和图案，太长就会变成狐狸的尾巴。

手爪

像许多其他动物一样，犬科是趾行动物，全身的重量都落在脚趾上。绘制腿下部的后爪，就能表现直立犬科动物的这一特征。

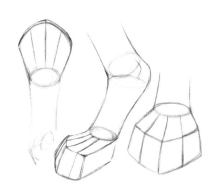 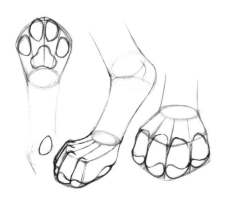 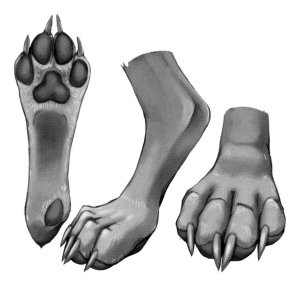

1. 绘制基本形态和脚趾

先画个五边形。从爪子的顶部拉出一个管状图形，形成犬科的脚。就像站在不稳的脚趾上，脚的长度是悬挂在空中的。然后在到达下腿后部前，在脚后跟和脚踝处结束。

将脚爪分成四等份。从中心线开始就能均匀地划分。

2. 添加肉垫

肉垫能提供牵引力和缓冲力。为每个脚趾都画肉垫，还要画出中心肉垫和脚后跟肉垫。

3. 添加爪子和色彩

为每个脚趾都画爪子。犬科动物的爪子一般不可伸缩，但狐狸的爪子除外。爪子应在脚趾的内侧部位。要注意：两个中心爪子之间的距离较近。最后，上色。犬科因品种不同，颜色也不同。充分发挥自己的想象力。给肉垫添加些纹理，这样能表现出脚爪受损和如履薄冰的样子。

展示这些犬牙

"犬科"这个术语就指这类动物的主要特征，即，大大的牙齿。在大自然中，动物使用自己的牙齿来抓食、咀嚼和占有食物。在艺术作品中，牙齿能增强表现力，比如可爱动物的微笑或是凶猛动物的咆哮等都可以通过犬牙传达出来。

犬牙

犬科的牙齿平均有 42 颗，但我们无需画出所有的牙齿。这只体格健壮的狗就向我们传递了这样一个信息：寥寥几颗牙齿就能达到传神的目的。

动作姿势

想想犬科常常从事的活动，然后找到方法来拟人化这些活动。

小灵狗摄影记者
捕捉精彩瞬间

像猎豹的犬科同类一样，锐目猎犬具备猎手短跑冲刺和敏捷灵活的特点。凭借着高速跟踪时的视觉灵敏度，这些长鼻子狗所具备的专业眼光使得它们的视野极为开阔。这位摄影记者依靠自己的这一专属优势，轻而易举地捕捉到了最佳图片。

1 绘制身体框架
草拟出人物的基本形态。竭力捕捉小灵狗的身体特征：诸如，健硕的胸腔，细细的腰和结实的大腿。使用参考线，这样有助于画出几何形态的摄影机。

2 添加细节和上色
修饰人物的细节部分（不要忘记爪子）。最后设计一套职业装。添加小细节，如摄影机的吊带、耳环和手表，以此增加人物的魅力。最后，擦掉作图线，呼之欲出的狗姑娘形象就只等上色了。小灵狗的图案和颜色各异。脚部可使用不同的色系，以突出鞋子。

幻想犬

威尔士矮脚狗是一种充满活力的小狗，长着两只短腿，并具有狐狸的身体特征。在绘制时，要尽力捕捉小狗的这种欢快可爱的个性。彭布罗克威尔士矮脚狗的尾巴通常很短。但是由于这是一只神奇的幻想犬（长着翅膀），所以尾巴的长度取决于你的爱好，可长可短。如果你不喜欢浮动的翅膀，也可以系在肩胛骨位置，或者干脆不要也行。

1 绘制基础形态

画个圆，绘制两条十字准线，作为头部。在此圆下面再绘一个稍大的圆，作为犬的胸部。再画第三个小圆作为臀部和后腿。最小的那个圆给人的感觉是：距离我们越近，矮脚狗的身体越向后退。

2 绘制身体

绘制口鼻。狗张大的嘴巴形状比较复杂，可以使用参考线对齐上下颚。绘出眉线、耳朵、尾巴和翅膀的基本轮廓。下颚稍稍扬起这种肢体语言，增添了小狗调皮的神情。站立的三只腿的画法是，先画一个与小狗身体宽度和长度相等的长方形，再在长方形三个角的位置，画出脚来。

3 绘制皮毛和细节

给幻想矮脚狗涂上厚厚的绒毛。可以参考图片取得灵感，也可以创造自己的皮毛图案。小狗身旁的心形爪子印是很好的修饰。绘制其他细节，包括眼睛、鼻子、牙齿、舌头和爪子。最后绘制悬浮的翅膀，设计有趣的螺旋式的图案。

4 添加细节和色彩

擦去参考线，清理空白线。最后再添加些皮毛，就完成了。矮脚狗颜色可以是红色、黑色和棕褐色、黑貂毛皮变种等。你可以设计自己的颜色，任意发挥，随意想象吧。

第三章

马科动物

马科动物属于食草动物家族，包括骏马、小马驹、毛驴和斑马。在山间、广阔的平原和肥沃的田野，到处都有马科动物的身影，遍布世界各地。它们精力充沛、擅长奔跑，但又姿势优雅、派头十足。尤其是骏马，活脱脱就是速度、力量和骄傲的象征。

马科动物生性温顺，风度翩翩，身体特征常使人联想起美感（健壮的体格、优雅的脖颈，修长的双腿和炯炯有神的目光）。在整个历史过程中，人类一直在驾驭和控制着这种强壮的动物，为人类劳作、供人类娱乐消遣或是充当人类的运输工具。

尽管我们很少亲眼看见骏马和斑马，但是这丝毫不影响我们心目中所产生的那份庄重和威严感。再者，随着人类日常交往和联系逐渐减少，这种普通而平常的动物更是承担了一份怀旧的情结，就像那些只有在我们梦里出现的动物一样。

在本章，我们学习如何融合马科动物和人类这两种特征，从而创造出幻想中的拟人化形象。那么，现在就拿起纸笔，开始这次奇异之旅吧。

平原上迷路的马
作者 贾里德·霍奇斯
28cm×34cm

面部

骏马的面部结构和人类的相差极大，长长的鼻子和弯曲的脖颈，要绘制成拟人化形象难度较大。最好的办法是，先绘出人的身体，再在身体上面画出真实的马头。但是，我们今天推荐的方法却是：削弱鼻子的坡度，不画马的脖颈，取而代之的是一个更像人类的脖颈。将这个脖颈画在头下方，而不是从后面伸出来。

试着绘制这种马头。虽说这是一只充满活力的银鬃雌马，但操作步骤对所有品种的马都适用。

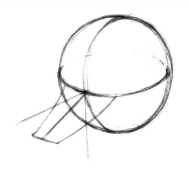
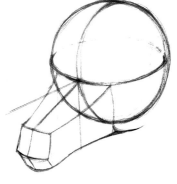

1 绘制头部和鼻子结构

画一个圆和弯曲的参考线。在十字准线处，绘出一条直接伸出来的参考线和另一条向下垂悬的参考线。再画第三条参考线，来平分这两条参考线，这就是呈向下角度的鼻子的中心点。在第三条线末端再画一条线，就形成一个倒 T 形，再将 T 形的两边拉回面部，加宽鼻子至水平参考线的位置。

2 绘制鼻子

从鼻子底部，向下拉一条线，长度稍稍经过面部的圆形部位。绘制一系列线条，形成鼻子的正面，形状就像是圆圆的箭头。开始画嘴唇，在凸起的中央位置，画条曲线。下巴画得稍微下垂些，然后紧紧拉住，到开头步骤的垂悬参考线位置。

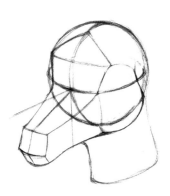

3 绘制面部

将鼻子底部的线条向上拉，再分开。延伸右边那条线返回至水平参考线的位置，形成额头。在额头下方，绘制一个大大的半圆形，就是下颚。连接额头和鼻子。从额的顶部开始，绘制两条交叉线，形成五角形的前额。从头部的圆形部分的前面和后面拉条线，就是脖颈。

4 绘制面部特征

眼睛的位置沿着水平参考线方向，画在额头的前面。在头顶，眼睛后面的位置，绘出叶子状的双耳，赋予其纵深感。给鼻子前面添加鼻孔。最后在鼻子的下方，绘出嘴巴。

5 修饰面部细节

做最后的修饰。详细刻画面部特征，清理掉多余的线条。沿着眼线绘出眉眉。设计你的花纹图案（像这款闪亮的图案），赋予面部更多结构和感官吸引力。在面部的关键区域绘出脊线，使面部更有层次感。

6 绘制头发和上色

稍加想象，就可以将马的鬃毛变成人的发型，淘气又可爱。还要记住画出从脖颈开始披肩的鬃毛。从银鬃马的调色板上获取灵感，上色时，外衣可使用金棕色，鬃毛可使用发光的黄色。再配上一副粉红色的眼镜和一点点纹身，这些都会表现出这只母马可爱调皮的神情。你看，就是马脸上的那点心形口红。

绘制马科动物的眼睛

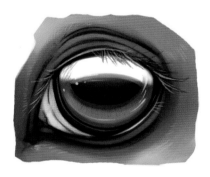

1 绘制基础形态

先从杏仁形状的眼睑画起。在上下眼睑之间，画个大圆作为虹膜。比起所有陆地上的哺乳动物，马科的眼睛最大。虹膜应该占据眼眶的大片面积。

2 修饰眼睛

在虹膜的中心，绘制宽宽的半圆形瞳孔。在虹膜四周边缘处，绘制第二条线，就是薄薄的边框。在下眼睑下方，画条折线，然后在其下面再画条折线。在上眼睑上方，画条折叠线，在上眼睑和下眼睑汇聚的位置勾住眼角的凸起物。

3 添加最后的几笔和上色

最后一步，绘制自己中意的睫毛和细节部分。银鬃马的眼睛通常是深色的。但为什么不试试打破常规，绘制天蓝色的眼睛呢？给眼睑所上的颜色要深些，比周围皮毛的色彩更深。下眼睑的边缘处可使用亮光，使这部分看上去湿润些，并有助于眼睑看起来是在眼球的上方。马的眼睛反光性强，所以，给眼睛横向加上强光。

全身

这匹生活在平原上的母马，精力充沛，热情四射，奔驰着跳跃着。众所周知，这是所有坐骑马的特点。

请跟我一起探索如何绘制马科动物在运动中，着装随风飘扬的动态效果。

1 绘制基础形态

绘制一条扭曲两次的动作线。这样可以方便将人物的头部和身体拉向不同方向。应避免不同部位的过度扭曲。马的头很大，所以需要更结实的脖子来支撑。绘制脖颈时，越长越好，但要粗壮些为好。

2 绘制四肢和鼻子

先画出鼻子的基本结构。然后画四肢。这只马女正在停止向前运动，所以她的身体重力都落在左腿上。而右腿重心向前。将腿绘成趾行动物形状。马科的腿部关节多，绘出这种关键身体特征。

3 清理身体线条，修饰面部

完成面部所有细节。长辫子的画法是：先画个飘逸的扁平丝带。擦掉作图线，只留下侧影即可。

4 绘制着装

身体的任何晃动或是空气的流动，都会使衣服纤维形成波纹和折叠状的漩涡效果。简洁的操作步骤为，先绘出裹在身体部位的纤维织物。其次，画出张开的、松弛的那部分衣物的弯曲形态。最后将不同部分用线条连接起来。

5 绘制最后的细节

再向下画，给胳膊弯曲处，踢腿处以及躯干扭曲的部位增加褶皱纹。接下来，绘制细节，包括衣服缝合处和珠饰，这些创意来自于印第安人服装。在包住身体部位的衣服纤维上，擦掉外形线。最后，在扁平丝带里，将缠绕交织在一起的长发编成一股股辫子。

6 上色

设计温暖的泥土色调。在阴影位置，使用互补的冷蓝色和紫色，这样可以形成强烈的明暗对比。给鼻子正面上淡灰色，表示逐渐稀疏的皮毛。用深浅不一的颜色形成蹄子部位的条纹图案，最后脚趾就绘制成功了。

马科动物的身体特征

马科动物最显著的特征就是华贵的鬃毛、长长的尾巴和蹄形脚。在开始绘制之前，问问自己以下问题：马腿是如何弯曲的？马的蹄形脚的实际外观是怎样的？马尾的骨骼结束部位和马鬃开始部位各自在哪里？更多认识和了解这些特征，就会给我们的作品融入更多的马的特征。

鬃毛的魅力

马鬃毛是柔软而富有光泽的皮毛，从耳朵一直长到脖子底部的位置。鬃毛的毛发相对比较平直（除非发型师反对，可以处理成弯曲的），毛发的曲直取决于马的类型，有的是直发，有的是卷发。

额发

马科动物的额发类似于人的前刘海。额发从头顶一直垂落到两耳之间。有些马科的额发短而尖，而另一些额发又很长，覆盖着脸的大部分。

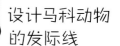

设计马科动物的发际线

利用几种技巧可以将人类的发际线和马科的鬃毛融合成一体。其中一种方法（见上图）就是无缝合并。第二种选择是区分两个区域。一边是人的头发，另一边是风格不同或是颜色不同的马科鬃毛。最后一种办法是想象一下使用剪刀，剪掉一边的毛发。

马科的尾巴

马尾比鬃毛粗而厚，简直是毛发生长的奇迹。通常会一直垂落到脚踝的位置。我们可以剪短毛发或任其生长。但造型很重要，可以考虑编成辫子或者修剪成不同形状。

尾骨

马尾的肌肉部分隐藏在毛发后面。尽管长长的外表极具迷惑性，但尾骨只能够得到大腿的位置。

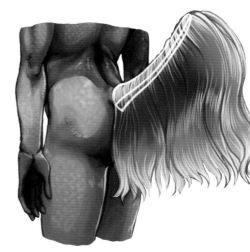

尾巴毛发

当尾巴竖起时，就能看见毛发是如何扎根于尾巴处，然后又逐渐长成长尾巴的。

美丽的神马，飞马

或许是因为马科动物能飞越田野和跳跃障碍，所以常常被赋予一双翅膀。翅膀往往能突出美感，并能蒙上一丝神圣感，还能将普通的马变成神奇的飞马。你要创作的神马可以品种随意，色彩随意（但最常见的还是白色）。本页这个独特的形象，科纳马拉小马驹具有身材娇小，脖子较长，头呈蝶形，脸短、耳朵小的特点。

大型拖车马，驮马

如果需要力量型的马，这种大型拖车马就符合我们的要求。这种驮马肌肉发达，身材健硕，比普通马更能负重。注意：这种驮马的高鼻梁是从头部较高处开始的，越向外扩展，变得越来越圆。长长的绒毛是从胳膊和腿部中途开始的，逐渐展开，最后到四肢结尾处时，呈厚厚的铃状。然后画出粗壮的双腿和巨大的双脚，这也是驮马的特征所在。

鼻子的细微差别

马科动物的鼻子形状多样。除了标准的直筒鼻外，还有中凸的高粱鼻(左图)，这是许多驮马的典型特征。还有凹面的蝶形头(右图)，从头到鼻子处呈弯曲状，前额较高。

形态学

确定主题有助于我们创作出与众不同的拟人化形象。灵感的源泉可能来自于任何东西，星形和心形标志，节假日、季节和情感这些更复杂的创意。

绘制一匹令人赏心悦目的、冰激凌主题的幻想马

下面我们开始绘制一匹标准的四条腿马的形象。但先别急。这匹马要长着一双翅膀，一个触角，外面还有一层圣代冰激凌。为什么不这样想呢？任意发挥你的想象力，为你的冰激凌马创造一批好朋友吧。

1 绘制基本形态

先画一个圆，绘好十字准线。再分别画个大圆和小圆作为胸部和后腿。将三个圆连接起来形成梨子形状。然后分别从头的顶部和底部拉出两条稍弯的线条形成脖颈。脖颈的底部在胸部形成弯曲的 V 形（这里也是马的肩膀开始的部位）。

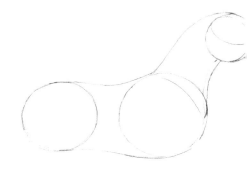

2 草拟腿部和面部

从头部开始，运用垂直参考线，绘制口鼻和触角。两只耳朵应平均分布在头顶。沿着水平参考线画出眼睛，位置要比耳朵的稍稍向前倾。然后开始绘制双腿结构，先画前肢，画个小圆圈作为双膝（实际上就是马的腕部或是脚踝），再在膝部开始，绘制一个较短的管状，结尾是圆形（这就是马的丛毛或球节）。最后绘制参考线让其对齐。

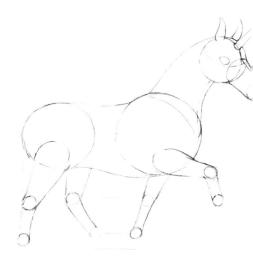

3 草拟马蹄、毛发和翅膀

从丛毛开始，画出沙漏状图形，顶端覆盖着马蹄。注意马蹄是如何向前稍稍伸出从而保持身体平衡的。接下来，绘制鬃毛和尾巴的大体形状。这匹马正在运动中，所以要表现出毛发在风中飘扬的姿势来。从肩甲处草拟出翅膀的形态。双翅之间应留有空隙，这可以表现出马身体的宽厚。

4 修饰面部

绘制马的一双大眼睛，眼眶配上黑黑的浓密的眼睫毛。接下来，绘制眉毛、鼻孔、耳朵和嘴巴。触角表面的螺旋状图案应该均匀分布。擦去面部参考线，但留下圆圈底部的部分，形成下颌的轮廓。

飞奔的马

像马科这种四足动物，画起来有一定的难度，因为我们还要考虑另两条腿的画法。可以先研究奔驰的马的图片和视频片段，再来确立腿部的位置和分量。

5 完成毛发和翅膀，修饰身体部位

将翅膀划分为三排、单独存在、相互交叉的羽毛（了解更多关于绘制翅膀和羽毛的知识，参见第72—74页）。 接下来，将尾巴切分为更小的毛发区域。这些波浪形的、流畅的线条都是从上拉到下部。 重复此过程，从脖颈部向下拉出线条即可绘成鬃毛。

修饰这些线条，擦掉参考线。马科动物力量大，所以在大腿和胸部区域添加肌肉清晰度。参考马类的图片，会有助于你表现出马的体形。

6 添加最后的几笔和上色

随意装饰自己的马。如果想以圣代冰激凌为主题，不妨给尾巴和鬃毛上喷洒些碎末、糖果和水果。最后加上薄荷巧克力酥冰激凌和一些草莓酱，就大功告成了。上色时，要考虑底层的肌肉结构，才能刻画出马威风凛凛的外观来。

啮齿动物

　　介于可爱和令人讨厌之间，啮齿类动物与人类之间的关系一直是复杂而不和的。我们常常将老鼠、耗子、仓鼠、沙鼠和豚鼠作为宠物奉为上宾。但同时又不欢迎那些烦扰我们生活的动物，并随时准备消灭它们。然而，即使我们谴责这些变节的啮齿动物，我们仍然尊重它们顽强的生命力、足智多谋、机敏和率直可爱。因此，众多拟人化的啮齿动物才会成为娱乐和其他行业中受人喜爱的吉祥物形象。

　　啮齿动物是一群适应性强、多种多样的动物，它们善于攀爬，挖洞，甚至靠后腿站立。它们的尾巴形状和功能各异，有的靠脚趾弹跳，另一些双脚着地。但是啮齿动物也有共同的特征，都像老鼠，有一对巨大的突出的门牙。无论是松鼠剥开种子的咀嚼声，河狸咬断树木的咔嚓声，都说明这些獠牙是所有啮齿动物的共性特征。

　　与飞奔的马科动物或残暴的食肉动物猫科截然不同的是，大部分啮齿动物毫无防卫能力，它们身材矮小，脸颊偏胖的。它们需要不停地啮咬，天生又具有好奇心。考虑到这些动物身材矮小，身体比例独特，在绘制时要特别注意。所以，请大家削尖铅笔头，准备钻进啮齿动物王国，开始属于自己的拟人化动物的探索冒险之旅吧。

甜蜜的洞穴之家
作者 林赛·希伯斯
25cm×29cm

面部

花栗鼠和一般老鼠的大小差不多，身体特征与松鼠相似。与其他啮齿动物一样，花栗鼠的面部呈倾斜性的凸起状，鼻子较圆，嘴巴较小，微微弯曲嵌入下颚。有着突出的獠牙、大而凸起的眼睛和一对薄薄的耳朵。花栗鼠的脸颊肥胖，就像是两只内置口袋一样能存储食品。我们绘制拟人化动物时，可以利用此功能，可以用它来盛装重要的物品（即使这种想法有些令人恶心）。花栗鼠最显著的身体特征就是斑纹毛皮图案。在创作时，一定要考虑到这些方面。

1 绘制口鼻

先画个圆，绘好参考线。从十字准线位置拉出一条中长的直线，在线条的结尾处绘出扁平的三角形鼻子。沿着鼻子中央拉出一条参考线以作备用。从鼻子尖部拉出两条线返回眼线，随后逐渐展开线条。在面部中央用一条拱形线连接起来。

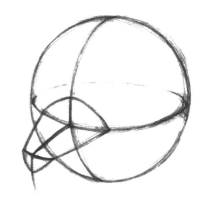

2 绘制眉毛

在鼻子下面，画一张 W 形的小嘴巴。在花栗鼠的身体左边，从鼻子底部拉一条向后倾斜的线条向上至眉毛的顶端。然后拱起线条呈大半径的曲线状，回到出发点。因为头部的位置呈一定的角度，所以绘制右边时，可以压缩眉毛。

3 绘制脸颊和耳朵

从眉毛后面，拉一条稍弯的曲线，这就是花栗鼠肥胖的脸颊。逐渐画出轮廓线至脸的前部，在嘴巴处结束，形成下颚。胖胖的脸庞上应该是回旋镖般的弧形图案。接下来，在花栗鼠头部的两边，画个花瓣形，下颚与平行参考线会合之处就是耳朵的位置。

4 绘制眼睛和细节

添加耳朵的内部结构。从眉毛的中央开始，画出大而圆的双眼。张开嘴巴微笑，画出上唇下方的门牙。擦去参考线。勾勒花栗鼠的图案和最后的细节部分，包括眼眉毛和鼻子裂缝。画两条穿过鼻梁和眉毛的线条，以确定头的坡度和面部皮毛。

5 绘制毛发和上色

啮齿动物的生活节奏快。因此，对它来说，生活如此短暂，无时间打理头发。设计一个凌乱的发型，清理掉没用的线。接下来就可以上色了。花栗鼠的颜色应是棕色、灰色和白色，会令人联想起森林中的落木和碎片杂物。脸部应配以棕褐色，使用白黑图案。头发应是黑色，虹膜应涂成红褐色为好。

绘制啮齿动物的眼睛

啮齿类动物身体娇小，相比较而言，眼睛却出奇地大，因此对于许多动物来说，眼睛常常不算在头部范围内。毫无例外的是，它们的眼睛不仅实用，而且很圆，但却缺乏情感表现力。拟人化的啮齿类如果拥有这样一双眼睛的话，就会是一副另类而可怕的模样。稍微画点眼白就可以缓解这种状况。

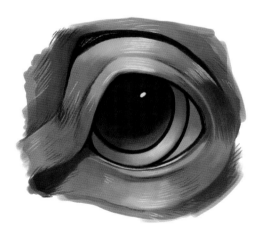

1 绘制眼睛形态

轻描一个圆。在靠近鼻子的一边稍下方，画一条曲线，使其与眼稍交叉，在眼球的领域边结束，这就是上眼睑。沿着眼睛底部的线画出下眼睑。这样眼球就会给人凸出来的感觉。

2 绘制瞳孔和虹膜

在上下眼睑之间画个大圆作为虹膜。在虹膜内再画一个圆即为瞳孔。在瞳孔上画个小圆亮点。给上眼睑上方画个皮肤褶，给下眼睑下方画一个薄边框。

3 上色

清理作图线。啮齿类动物的眼睛通常是黑而圆的，但既然是拟人化动物，不妨加些其他颜色为好。用深紫色和蓝色代替黑色。瞳孔的边框可涂成彩色的虹膜。

全身

生活在世界各地的大部分啮齿类动物都属于体积微小的动物。为了再现啮齿类的微缩身材，可将头部设计得大些，使躯体部分的比例与人类相类似，只不过是附着在孩童般的身体框架上而已。

1 绘制身体框架

画一条动作线，从中央向下，画一条明显的曲线。在线条的顶部画个大圆。绘制十字准线，确立头部的侧面。接下来，沿着动作线的上曲线绘制脖子和躯干。为了压缩身体的大小，身体的宽度应不超过头部的直径。即使身材小，躯干部分仍然要使用正常的比例。

2 绘制四肢和头部的形态

绘制头部的基础形态。然后，上肢和大腿绘制成膨胀的管状。仔细绘制圆圆的臀部。身体应该挺直而消瘦。如果曲线太优美，别人就会把这只花栗鼠误以为是雌花栗鼠。绘制手脚时应注意：手要小些，脚要大些。沿着动作线，绘制尾巴，形状呈翘曲、厚度均匀的管状。

飞行的松鼠武士

飞行的松鼠武士在森林的树木间飞来飞去，宛若夜行的日本武士一般。绘制这个形象的最大难度就是如何设计适合它们的着装。这些松鼠拥有长长的皮翼来控制风向达到滑翔的目的，当它们的身体结构完全展开时，就像平面直角一样，所以最好配以宽松的衣服。考虑到松鼠是夜行动物，武士的装束是最佳搭配。还有另外一个原因，有谁不喜欢武士呢？

1 绘制基本姿势

绘制一个张开双臂和双腿的庞大身躯。草描面部的十字准线，直视前方（提供无障碍的飞行视角）。草拟手腕部和脚踝处毛绒的薄膜，这也是松鼠得以滑行的保障。从脊椎底部画一条弯曲的尾巴。尾巴的形状要相对扁平些，飞行的松鼠尾巴既不大，也不像它们白天活动的近亲那样布满刚毛。最后记住配备飞镖（武士的武器）。

2 添加武士服装和上色

沿着松鼠身体轮廓的四周绘制武士服，还有皮翼。外观看上去应该有点像飞行袋。接下来，绘制衣服的褶皱、折痕、腰带、插在肩上的短剑。最后，开始上色。飞行鼠是夜间出行，而武士又善于偷袭，所以衣服的颜色应选深色为好。这样敌人就不会发觉它的身份。

啮齿类的细微差别

从小老鼠到多刺的豪猪，超过40%的哺乳类动物属于啮齿类的范畴。尽管它们都有一对大大的尖牙，不同种类之间的差别也很大。这意味着我们可以充分利用自己的灵感来创作属于你的拟人化动物形象。

老鼠

1. 绘制基本形态

从圆和十字准线开始，绘制柔和的圆形身体特征：大又圆的耳朵，稍稍拱起的鼻子和大而圆的眼睛。最后记住画那对尖牙，才能表现出可爱的露齿微笑。

2. 添加细节和颜色

清理作图线，完成细节内容。漂亮发型配以她漂亮的外表才算完美。老鼠耳朵颜色是半透明的，所以请画出血管印，并在耳朵中央处向外涂上高光为好。老鼠的皮毛颜色多样，这个猫女是白化变种（红红的眼睛和白毛）。

豪猪

1. 绘制基本形态

豪猪的脸部呈箱盒状。面颊和下巴处用稍弯曲的粗直线勾勒。鼻子和口部较宽，鼻子较大。在鼻口部的左右两边绘制眼睛和眉毛。两只小耳朵应位于靠近眼睛的后方。

2. 添加细节和颜色

厚厚的角形毛发形成尖尖的刚毛。这是豪猪最显著的特征。可以将刚毛画成尖尖的形状，就会充满拟人化色彩，很有趣。接下来，绘制面部特征。豪猪行动缓慢，意志坚定，所以面部表情应该是放松的。最后再加些面部毛发，就可以上色了。豪猪的颜色可以是褐色、黑色和灰色。

时尚兔女郎

严格意义上说，兔子不属于啮齿类，而是属于兔类动物。但是这两类动物的外表有一些共同之处，它们都有门牙和不停生长的牙齿。在绘制拟人化兔子形象时，总会突出细长的耳朵、毛绒的短尾巴、结实的双腿和大脚丫。最后不要忘记加上门牙，要知道兔子咀嚼的食物可不比啮齿类的少。

羞涩的男生

豚鼠的身体圆润，健壮结实，脑袋比例较大。尽可能让豚鼠的双手不要闲着，手上可以握个东西。豚鼠喜欢吃蔬菜，可以配以一根芹菜作为辅助装饰。

形态学

关于拟人化形象应该表现到何种程度为好，各方没有定论。尽力去表现皮毛、耳朵、尾巴、爪子等这些方面。也可以挑选几个最显著的身体特征。一切都取决于你自己。

早晨的鼠

老鼠做事小心谨慎，喜爱梳妆打扮。这个鼠女形象就是如此。还未起床呢，她就一把拿起梳子开始梳妆了。在她身上，啮齿类的身体特征并不多：只有门齿、鼠耳、鼠鼻、鼠尾，其他都是人类的特征。

1 绘制身体结构

先画个圆，作为头部。十字准线要表现出角度，人物的头应向前倾斜。其次，绘制身体其他部位，确立坐姿中双腿、两臂和躯干的位置。添加老鼠的基本身体特征：尾巴、拱起的口鼻和大而圆的耳朵。

2 填充细节

沿着身体轮廓线，草拟出鼠女的睡衣，包括折纹、睡衣的抽带和接缝等各种细节。其次，绘制面部特征（眼睛、眉毛、牙齿、嘴唇和口鼻）。再画披肩的波浪式长发。添加脚趾和手指。最后缩小空白线，清理多余的参考线。

3 绘制背景和颜色

画出床、枕头、床单和毛巾这些背景物。然后，开始上色。填充基础色，添加阴影和亮光。光源应设计在身后，表明阳光透过床边的窗户照进来。给床下加些阴影，使画面更突显出来。

5 添加面部细节

清理多余的参考线，擦去嘴巴上交叉的羽毛线条。修饰羽毛的边。绘制蓬乱的头发。头发应该用有尖角的线条绘制，这样可使头发的整体风格与羽毛自然地搭配。最后添加眼睛和眉毛的细节。

6 上色

可选用深紫色、红色和蓝色来捕捉乌鸦油腻腻、黑色羽毛的神韵。给头发选用淡色、更饱和的颜色如紫色，以区别于面部羽毛的颜色。零星点缀一些白色和淡蓝色笔触，可以突出羽毛和嘴上的折印。乌鸦的眼睛颜色一般是褐色，但请随便选用你认为最合适的颜色（此图中的颜色为棕红色）。

绘制鸟类的眼睛

鸟类的眼睛比较大，因为它们常常依靠视觉来飞行。而虹膜又占据了大部分的眼球表面。由于鸟类的羽毛充当了它们的毛发，所以可以在眼睛四周画些柔软如羽毛般的或是毛茸茸的睫毛。

1 绘制眼睛的基本形态

轻描一个圆作为眼球。接着，画一对横穿过圆的拱形线条，最后互相交叉形成圆。

2 绘制虹膜和瞳孔

在大圆的内部绘制一个小圆，作为虹膜。在虹膜内部，再画个更小的圆作为瞳孔。在虹膜和瞳孔的上方绘制一个椭圆作为最亮的地方。如果觉得鸟的那双专注的眼睛太突兀，不妨放大瞳孔的大小或者是降低上眼睑的位置以达到柔和的目的。

3 完成绘制和上色

擦掉作图线。在眼睑四周画一圈厚厚的眼眶。将眼眶划分成更小的凹凸不平的部分。添加最后的细节，如一直延伸到眼眶外银灰色的毛茸茸的睫毛。为了达到特写的效果，给眼睛周围勾勒几笔线条，表现出竖立的后掠的羽毛形状。乌鸦的虹膜通常是黑色，但是如果觉得太过平庸，不妨选用白色、黄色或血红色。

全身

这只乌鸦充分展现了鸟类的最显著特征：翅膀。翅膀的大小和形状各异，但是通常翅膀比较大，所以一定要给自己留有创作的余地。

飞行中的鸟，大部分时间在空中度过，身体需要结实强壮，但浑身又布满轻便的羽毛。创作你自己的鸟形象，记住要有一双宽大的翅膀、挺起的胸膛和健硕的大腿。

1 绘制身体和腿部

画一条弯曲的动作线，以此作为参考线，绘制躯干部分。乌鸦的胸膛应该是宽阔的，意味着强壮的肌肉和大容积的肺活量。如何绘制结实的鸟腿呢？画两条纤细的管状腿，从大腿部以上开始突然胀大，在膝部开始逐渐变小。小腿可以缩小些，只有正常长度的一半。和大腿一样，小腿的中间部位可以放大些。绘制一个纤细的轴状物作为脚踝，紧接着是圆柱体般的脚。

2 绘制面部和翅膀

绘制乌鸦的面部细节。绘制羽毛时，不要走极端。接下来绘制翅膀，可以先画一条动作线来界定范围。绘制翅膀难度不小，但是当你认识了翅膀的基本构造，就容易多了。将翅膀看作是人的一对手臂，只不过长着羽毛而已。（参见74页的翅膀结构）。运用动作线确定翅膀的位置，绘制手臂和双手。

3 给翅膀填充羽毛

鸟类的翅膀包括三个部分：手、前臂和胳膊。每部分都有三层相互交叉的羽毛，羽毛最少的那一层位于最外层。首先，给每个部分勾勒出呈扇形散开的长长的飞羽，即成翅膀。其次，沿着翅膀的最外层绘制一层羽毛与飞羽交叉。然后，从大拇指到腋下轻描手臂的长度，即是最后一层羽毛。从下背开始，画出倾斜下来的尾羽。

4 清理和绘制着装

清理作图线。开始草拟鸟类的外衣。设计翅膀和尾羽的着装比较麻烦，因为传统服装没有这些部分。宽袖、和服式的上衣便于日常活动，紧身长裤可以充分突出修长的鸟腿。务必留出空间使尾羽露出来。最后设计一顶可爱的小便帽，以便在飞行时达到保暖的效果。

5 完成并上色

将连接手部的翅膀分成十个单独的飞羽。沿着每个飞羽的内层，顺着手臂的方向绘制一个包。沿着翅膀向下，再画一层新羽毛。然后，给胳膊部分添加九个新羽毛。下一步，绘制更小的第二层和第三层羽毛，互相交叉，最后上色。

鸟类的身体特征

嘴、无牙、羽毛、翅膀和鳞状脚，这些构成鸟类的身体特征。下面就跟着我们来创作你的拟人化鸟形象吧，也可通过融合或匹配各种特征来进行创作。

翅膀

鸟类的翅膀充当了手和手臂的功能，虽然是绝佳的飞行工具，但却不适合做各种手势动作或者用手拿东西。为了解决这一问题，下面就为大家介绍几种融合人类和鸟类身体构造的方法。

作为手臂的翅膀

这只小鸟的身体结构与野鸭家族的相似，都拥有发育健全的翅膀。它的主飞羽可以用作手指，可以指向某物或拿起东西。

手和翅膀的混合构造

这只鸭子的翅膀是从手臂处延伸而来的，既有翅膀的外观又有人手的功能。

独立的翅膀和手臂

这只雌鹰享有双重便利，既有从后背处长出的一双翅膀，又有人的手臂。

羽毛

鸟类多姿多彩的羽毛由几种不同类型的羽毛构成。下面的几个图形即为几种常见的类型。

飞羽

鸟类的外表布满僵硬的羽毛。这些羽毛的中央部位为管状，两翼处由小的倒钩状构成，排列成拉链形，最后形成光滑的表面。

绒羽

这种羽毛柔软而蓬松，位于飞羽的下面。与飞羽不同的是，绒羽的倒钩状不会形成妥帖的光滑羽毛。

幻想猫头鹰

有着一对只能朝前看的大眼睛以及具有穿透力的凝视目光，猫头鹰经常被看作是智慧的象征。虽然有些民间传说把猫头鹰刻画成不祥之鸟，但在另一些童话故事中，猫头鹰又被塑造成聪明而智慧的信使，有时甚至可以开口讲话。

下面这只幻象猫头鹰就融合了几种不同动物的身体特征：角枭和灰林枭的身体和脸，大角枭的耳状羽簇。颜色则完全是凭空想象出来的。

1 绘制基本形态
先画一个圆，确立好十字准线。再画第二个更大的圆作为猫头鹰的胸部。再在第二个圆中部以下画个小圆作为下躯干。完成整个基础部分时，猫头鹰的身体应先是向前倾斜的。

2 完成身体部分
在水平指引处画出两个均匀分布的小圆即为眼睛。在十字准线处，画出闭合的鸟喙，给人似笑非笑的感觉。然后完成翅膀。绘制张开的右翅时，可先勾勒出基本形态，然后沿着翅膀的中部位置从上到下画一条垂直线条，即为翅膀的折叠处，最后是两条水平线，形成羽毛的层次感。从下躯干的两边开始绘制相对比较扁平的尾羽。最后完成腿和脚的绘制，在弯曲处开始将腿分成几个部分即为脚爪。

3 添加身体细节
填充翅膀和尾巴处的羽毛，确定每根羽毛的形状，并使其相互交叉。沿着胸部周围绘制锯齿形的轮状皱领。环绕膝盖和脚踝处，添加羽毛，形成不同层次感，并形成疏松地垂落下来的效果，这种合适程度就像是穿了裤子一样。给脚趾尖处添上锋利的钩爪。给头部和尾部设计时髦的羽饰。最后，添加眼睛、眉毛、耳形羽簇和图案等面部细节。

4 修饰线条和上色
擦掉作图线，清理多余线条，修饰细节。典型的猫头鹰颜色有褐色、白色和灰色，但缺乏奇幻的效果，可以大胆选择你的颜色。尝试使用粉红色、紫色、蓝色或绿色这些与众不同的颜色来吸引观众的注意力，使你的猫头鹰与众不同。

第六章

其他动物

如果把前面的几个章节看作是一顿饭的主菜的话，那么这一章就是佐料了。这种调味品能为你的艺术作品带来独特的味道。

- 学习如何运用合适的服装和配饰来增强艺术表现力。

- 如果你选择普通而简单的设计，可以学习如何保持动物们裸露的状态（像不喜欢着装的鸟类）。

- 了解和认识为了达到装饰的目的，过多渲染羽毛的时机和位置。

- 了解如何添加翅膀和尾巴，以达到梦幻的效果。

好吧，那就拿起你的刀叉和盘子——笔和纸，开始你的自助餐厅探索之旅吧。

冰上之舞
作者　林赛·希伯斯
20cm×23cm

创造毛绒动物

拟人化形象的外表塑造不仅仅是刻画物种和身材。我们还可以通过添加更多的皮毛、尾巴或翅膀来创造自己的形象。

过多渲染皮毛

拟人化形象如果没有绒毛就不叫拟人化动物了。如果掌握了绘制柔软而蓬松绒毛的基本知识，为了这种效果，就可尝试创作双倍或三倍的毛发。某些动物天生就需要大量的绒毛（如雪豹、牦牛、牧羊犬等，不胜枚举），但毛皮也可被用来突出原本是短毛的动物形象。

手臂上的绒毛

一绺绺绒毛从肩膀和肘部垂下来。这种长短不同绒毛的搭配可以创造出紧凑而精巧的毛绒形象。

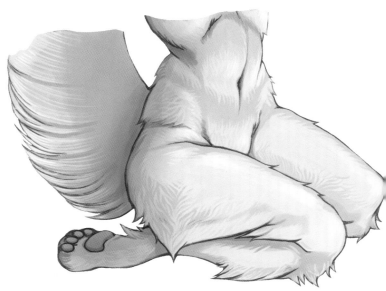

更多的绒毛

这只类似缅因长毛蓬尾家猫的猫女全身布满一绺绺绒毛，脖子、肩膀、臀部、肘部、耳朵上以及身体上都被绒毛所覆盖。层次不齐锯齿状的线条和阴影部位区分开了不同的绒毛部位，造成蓬松皮毛的幻觉。

腿部的绒毛

臀部、大腿和膝盖处都是绝佳的多毛部位。浓密的尾巴正好与长毛的外表相映成趣。

超长的翅膀

为了达到一丝奇幻的效果，可以尝试创作不仅仅是会飞行的翅膀。这位猫女如果没有那双从后背伸出的神秘的蝙蝠翅膀，肯定会与一只普通的猫毫无两样。这个超出预期的元素会吸引观众多看一眼。因为不同的翅膀的肌理和图案都很独特，建议研究真实的飞行动物来获取创作灵感，诸如昆虫的薄翅、鸟类的茸毛翅和蝙蝠的纤维状翅膀。绘制着装时，选用露背装，这样翅膀可以伸缩自由。

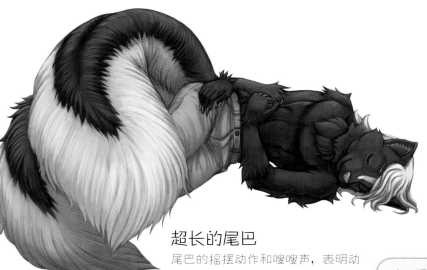

多条尾巴？

在脊柱位置或是靠近脊柱的位置，开始画多条尾巴。正如其他身体器官应该保持对称一样，这些尾巴也应匀称排列、上下互相交叉。为了避免无序和失误（尾巴越多就意味着要跟踪更多的身体器官），可以绘制一幅草图来分配每条尾巴所占据的空间。

超长的尾巴

尾巴的摇摆动作和嗖嗖声，表明动物的注意力和活力。尾巴的下垂和膨胀表明动物的情绪状态。尾巴的抓取动作和垂悬动作就像是动物的第五附属器官。尾巴的好处实在多，难怪在拟人化创作中长毛尾巴是如此的普遍。毕竟，多一个尾巴岂不是更好？两个或三个尾巴又会是何种效果呢？

九尾狐传奇

在东方民间传说中，据说kitsune（日语，表示狐狸）能长九条尾巴。随着年龄的增长，尾巴也会长得越多，并会拥有各种超自然能力。

着装考虑

服装能表现拟人化形象的个性特征。从其着装中我们能了解很多创作者的兴趣和个性。

动物服装的配饰

马具、衣领、皮带和标牌等的作用就是与某种动物的身体特征相匹配。最早是基于功能性的考虑，现在这些标志性的动物配饰似乎已经成为拟人化动物的古怪打扮了。但是抛开实用功能不说，它们会成为另一有趣的时尚元素。

马笼头

由一系列连锁的带子组成的马笼头是马科动物的头盔，骑手运用它来控制马的活动。因为处于显著的头部位置，所以马笼头又具有中心装饰品的功效，诸如皇冠或冠状头饰。

打扮尾巴

通常，如果一件配饰能与手臂或腿部搭配，那同样也就能与尾巴搭配。要想漂亮，可考虑搭配一些绶带、领带、珠宝、镶褶边的纤维等。为爱好科技的拟人化形象设计一些装饰性的小部件，如手表和音乐播放器等。好斗的拟人化形象可以用砝码和长钉来武装尾巴，也可给尾巴穿上盔甲达到防护的目的。尾巴充当第五个肢体的功能，因此要避免添加妨碍尾巴活动的配饰。

时尚灾难

不是每种动物都可以配以时尚的元素。和人类一样，某些衣服就与某些身材不搭配。注意避免给毛绒和羽毛类动物设计紧身的衣服。

衣领领结

衣领是毛和狗的时尚配饰。对商业人士的拟人化形象来说，经典的面部表情可以通过缠绕衣领形成的领带来刻画。

为尾巴留出足够的空间

人类的服装考虑到了四肢，拟人化动物的着装也应为更多的身体附属配件考虑。

从前部开始画

即使你眼睛看不见，但也要在大脑中构思尾巴穿过身体露出来的位置，这样才能正确地绘制出尾巴的挥动范围。估量一下尾巴开始的位置，找出盆骨的中心点，沿着这点回到出发点。

低腰裤

低腰裤能留给很多尾巴相当大的自由空间，而无需我们专门为这种动物做出任何修改。下垂的内裤可以与除了厚毛尾巴的动物以外的所有动物搭配，弊端在于盆骨暴露太多，当然这并不总是令人满意或妥当的。

合身的衣服

重新设计一套传统服装以使得尾巴穿过并不难，在身后开一个洞就行，也可考虑画幅分割法（如这只母牛的尾巴）。把尾巴根部当做定位点，开始抽紧身后的尾巴。

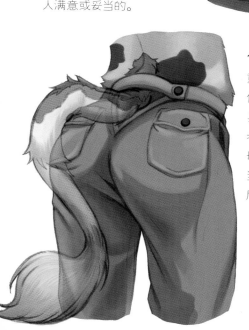

怎么绘制礼服和长裙呢？

即使没有在身后挖个小洞，我们依然有办法让不同的尾巴从宽松的衣服中顺利伸出来，如短裙、礼服和长袍等。但是如果硬将尾巴从紧身衣中露出来，就会导致后背留下块状的剪影。同时，请你的拟人化动物小心挥动自己的尾巴，任何摆动都有可能使衣服向上、向下或向两边猛拉，如果不小心，就会带来大麻烦。

全身搭配

这只貂很会打扮啊！她上身穿一件吊带的露背装，从而使毛绒的肩膀可以透透气，下身的裤子为尾巴开了洞，尾巴处还缠绕着一根漂亮的缎带，真是有品位。

裸体——自然的状态

在动物王国中，裸体是正常的，服装有时候反而显得不自然，甚至多余。毕竟，已经拥有一层厚厚的绝缘绒毛或羽毛，谁还需要衣服来取暖呢？况且衣服还会遮盖动物的皮毛图案。下面我们介绍给大家几种方法，既能保留动物的朴实，又能展示其独特的纹理特征。

皮毛代替衣服

这只红色的熊猫面露微笑，丝毫没有对自己裸露的身体感到难为情，因为它很清楚自己红褐色的皮毛完全遮盖住了全身。如何创造皮毛图案，如面部的白色花纹呢？用锯齿线条轻描，形成不同的部位，然后再填充合适的颜色。选用半色调来统一两种相间的颜色，诸如长毛尾巴上的颜色。

穿着羊皮的羊

随时留心观察，用各种方法来创作属于你自己的独一无二的拟人化形象。例如，这只母羊的羊毛呈现出来的效果是一件羊毛裙，以及与之搭配的偶蹄鞋，我们无需放弃羊的基本特征，就能达到人形的效果。

绝壁上的赤身野生白山羊

这只野生白山羊身穿厚厚的羊毛外衣，保护其不受严寒的侵袭。对于拟人化的山羊形象来说，外衣可以加倍地阻挡别人好奇的眼光。

1 绘制上躯干

先画一个圆，确立好向上的十字准线，形成自豪而高昂的头颅部位。勾勒出结实而肌肉发达的上身。从头部开始将参考线拉下至躯干的中心点。用管状脖颈连接头部和身体。最后，画出肩膀和腿部开始的位置。

2 绘制身体

从肩膀关节处开始，绘制插在髋部的两臂。接着，绘制趾行动物结实的大腿和步履稳健的双脚。将每根蹄子分成均匀分布的脚趾（脚趾之间的距离类似于缺了一角的馅饼）。在翘起的脚下面绘制一个立方体。尾巴短而上扬。填充面部特征：耳朵、长长的鼻口部，宽鼻和尖尖的触角。

3 添加绒毛、细节和上色

给山羊穿上薄厚不均的皮毛外衣。力求毛绒的感觉，同时又不失其阳刚之气。膝盖以下的皮毛要短些。山羊胡子、头发和肘部的一绺绒毛，应该用长而弯曲的线条绘制完成。勾勒出一对触角的生长轮。脚下的立方体应为粗糙而凹凸不平的岩石。最后配以冬天荒凉的白色调。

第七章

上色步骤

　　从最初拿起画笔创作开始，可能你就一直在思考着如何用色彩来描绘这个世界。色彩能赋予作品更多的表现力，艺术家运用色彩来表现形态、情绪和环境，这是黑白线条所无法比拟的。在拟人化艺术创作中，色彩能充分描绘羽毛类作品中的自然色调、图案，从而传达给观众某种动物的信息。也可以运用不同的颜色组合来创造传说中奇异的和幻想的动物形象。

　　艺术家的每张彩色图片都是从一系列的决策开始的：准备绘画工具、选择合适的颜色和确定光源，然后才开始拿起画笔涂上颜色。本章包括各种步骤，带领我们从开始预着色一直到打底色、上阴影、打高光和添加细节等。本章还提供多种小贴士，教授如何运用非自然色彩来创作具有神奇力量的各种形象。

　　通过学习适当的方法，你会发现无论是两足动物还是四足动物，上色程序并不难。

飞舞的狐狸
作者　林赛·希伯斯
25cm×29cm

91

上色材料

颜料有两种形式：湿色料（如水彩和丙烯）和干色料（如彩笔或记号笔）。无论是湿色料还是干色料，选择颜料由你自己决定。表达创造力的工具没有对错之分。记住：每种颜料都有特点，因此你会发现一种比另一种能更好地达到某种效果而已。有些颜料容易掌握，但需要耐心和实践才能学会使用。尝试去发现你喜欢的颜料，最重要的是，找到乐趣。

干色料

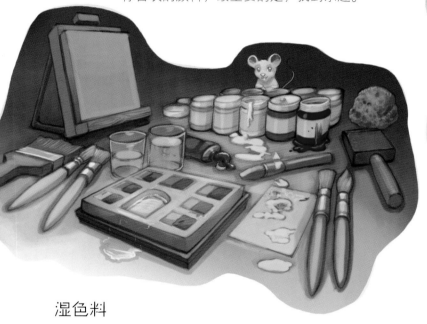

湿色料

传统的颜料

上色时，我们不一定需要所有颜料。与其把这看作是购物单，倒不如把它看作是推荐的颜料。建议大家从你手头已有的颜料开始，然后再开始扩展你的清单列表。

湿色料

- 聚烯颜料
- 水彩
- 记号笔
- 粗画笔
- 细画笔
- 纸张或帆布
- 水杯
- 颜料盘

抹布或纸巾

- 干色料
- 彩笔
- 粉蜡笔
- 蜡笔
- 纸张

上色工具

- 美工笔
- 画笔
- 鹅管笔和笔架
- 黑色防水墨水
- 水杯
- 橡皮
- 抹布或纸巾

给艺术线条上色

直接在干净的铅笔画上涂上颜色（如本书里的很多图片），也可以给铅笔涂上墨水来绘制限定性的暗色线条。使用绘图笔、画笔或鹅管笔涂墨水，准备抹布或纸巾随时清理污渍。等墨水干了之后，擦掉下面的铅笔线条，上好墨水的图画就可上色了。

防水湿色料

坚持使用防水墨水。否则，你会发现如果加上水质颜料的话，上过墨水的线条会融化得一团糟。

用电脑操作

也可使用电脑为你的作品上色。首先需要一台速度快和内存高的电脑，还要有一个图形输入板来输入笔法（或者是鼠标，但需要耐心）。当然，光有好的电脑如果没有软件也不行。Adobe Photoshop 以及 Corel Painter 都是职业画家通用的标准软件。但是也有更便宜的选择。

绘画和墨水工具

工作空间

工作空间要光线明亮，感觉舒适，这点尤为重要。尤其是当你计划长时间地伏案创作时。建议你的空间布局安排应包括下列内容：可以随意铺开的、面积宽敞的工作台，减少眼睛疲劳的台灯或是吊灯，触手可及的各种工具材料以及后背结实的工效学座椅。

一对云豹

一幅画的色彩可以烘托情绪、表现时间、界定不同图形和形态。在这几部分的示范中，我们将带你体验为一对云豹伴侣上色的过程，从选择颜色开始一直到完成阴影和高光部分。

第一部分：准备上色

在确立颜色之前，先做准备工作。在许多情况下，可以直接在画纸上涂上颜色，只要线条干净整洁，画纸没有任何磨损的痕迹。有些画家喜欢把画作影印一份或是再临摹一份，然后再开始上色。创作时，或许需要将线条转换成某种更适合保存颜料的介质。如果是电脑创作，就需要先扫描草图，这样便于用制图软件操作。

1 草拟人物
先草拟一对云豹享受安静片刻的草图。多个人物的画面操作起来会很复杂，尤其是当人物之间相互交叉重叠时，所以务必要使用基本形态和作图线来画草图。其次，粗略地勾勒出周围的森林环境作为背景画面。

2 清理线条，以便上色
作为基本的绘图线，作图线又会使彩色画面含糊不清，不知哪条线是最终线条，造成混淆不清。为了使画面清楚明了，上色前要擦去任何多余的作图线。记住：由于颜料不同，一旦上色，再想擦掉作图线就为时已晚。整洁的草图能清楚地确定一件物品的边缘，并充当配色指导。干净整洁的画面应为淡淡的轮廓或是极为详尽的草图都可。如果能准确地用线条标明形态，那么颜色就能填充画面的其他部分了。

确立颜色并建立调色板

除了要确定头发和服装这些部位的整体颜色外，还需要考虑其他因素，如，时间、位置和情绪，所有这些都会影响你对色彩的选择。确实需要考虑的因素真不少。可以在另一张纸上、调色板或在草图上，分别去尝试你的色彩组合。

调色板上的颜色只是有限的色调。有可能是一组颜料，一捆彩笔或者是一个有少量数字彩色的电脑文档。在本图中，人物所处的时间是正午，所以选择鲜亮的基础色调为好。给你的调色板添加更多必要的颜色。

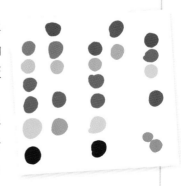

第二部分：光线和阴影

一幅只有底色的画面看起来太沉闷和单调。为了创造深度感和体积感，需要建立自己的阴影和亮光组合。半色调是指阴影或两种深色以及底色的组合。而高光则更明亮些。

记住：固体会遮光，并会在原本是亮光的区域留下阴影。仔细检查画面，找出是否有阻挡光源的地方。如果有的话，请将其设为阴影区域。例如，在此例图中，雄豹的手臂在自己的短裤和雌豹的肚子部位留下了阴影。

让光来吧！

光源的强度和颜色会影响画面的颜色。做个实验来证明这一点。看看自己衣服的颜色，然后描述自己所看到的颜色。现在，打开一盏刺眼的黄色灯泡，注意看衣服的颜色变化。然后，走到户外，比较你在阳光下所看到的颜色有何不同。最后，走到你家较暗的地方看，你会看到什么颜色？你会发现你所感知的一件物品（此例中是衣服）的颜色不是固定不变的。相反，这些颜色随着周围环境光源的变化而变化。

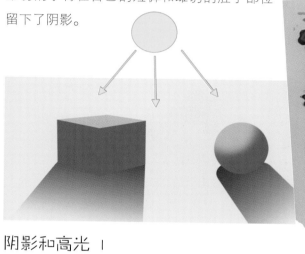

阴影和高光 1

请注意：暴露在光源中的表面区域是最亮的区域，而其他区域颜色要暗淡些。

下午的色彩

接近傍晚时分，阳光的颜色变成通红的橘色。底色就变成橘红色。在白色光线下鲜绿的灌木丛过渡为棕黄色，蓝色的露出脚趾头的凉鞋也变成了紫色。

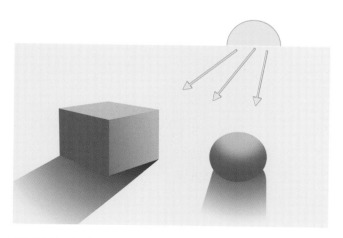

阴影和高光 2

如果照明光源不断移动的话，阴影和高光区域也要作相应的移动。

夜晚的色彩

在夜晚的场景中，光线很暗淡，颜色很深，很难看得清。但是，你可以模拟夜晚的感觉，将颜色变成蓝色，使用冷黄色照亮整个场景。

2 确立光线

确立光源的方向是整个画面中创作阴影区域的关键步骤。在此例中,光线的位置应在人物的上方。这种照明突出/照亮了人物,而物品的下面位置则处于阴影中。

1 确立基调

使用选好的颜料,用底色仔细填充画面的区域。在此例图中,底色调代表着画面的中间调子。但如果使用水彩或记号笔这种随着颜色的加深逐渐变黑的工具,应先从最淡的色调开始绘制。完成后,画面看上去多姿多彩但比较单调。最后添加阴影来增强深度感。

光线的来源

无需一定要亲眼看见光源才能上色。只需在脑海里想象一下即可。大部分情况下,可以通过设置光线和阴影的位置来表示光源。无需画出小太阳或浮动的聚光灯。

3 添加阴影层次

按照照明模式,在底色调基础上,轻涂夹杂着些许紫色的阴影色。保持涂色均匀,稍稍混合阴影。画面的部分区域可用深色调。在皮毛部位时不时使用突变式的涂抹来表明肌理。

4 建立皮毛肌理

给身体添加大片的短毛，使身体看上去长满了软软的绒毛。在阴影内部，选择深色，顺着皮毛的纹理涂上一些毛发。记住一个简单的规则：先完成头部的皮毛，其次是躯干、四肢再到尾巴的皮毛。

5 添加高光的层次

使用比底色更鲜亮的颜色，给大部分暴露在阳光下的区域打高光。最明亮的部位应该是顶部和前部。和加阴影一样，逐渐加高光，同时使一部分底色显露出来。给整个外衣画上淡色的短毛发，看上去就是柔软的皮毛。

第三部分：给皮毛图案上色

这部分学习做最后的润饰，包括皮毛图案和周围森林背景。

1 确立皮毛图案

手头拿着动物的图片作为参照，用铅笔轻描皮毛图案的边。使用云豹的小斑点和云斑加条纹的组合图案。沿着身体轮廓，小心画出图案的形状。

2 填充图案

用深棕黑色填充图案。在先前的皮毛阴影区域，改变斑点的亮暗强度，以便于与光线源保持一致。沿着斑点的边缘和内部，用相应的线条勾勒出皮毛的肌理。最后，在斑点内部和外部分别涂上零星的淡色和深色毛发。

3 完成人物形象

为了捕捉投射过来的阳光的强度，使用纯白色来突出人物身体最亮的部位。稍微使用点边光，创造出美丽的余辉并营造画面不同区域之间的差别。

4 完成背景环境

用东西遮盖住有人物的部分，同时完成背景环境。从草丛开始，涂上从暗到亮的颜色，使最顶部区域的一簇簇树叶成为最亮的区域。给下层草丛随机涂上几只嫩枝和分枝。并在整个树丛和嫩枝上添加小叶子。从暗色开始，用下垂的垂直笔触在地上绘制丛生植物，或者用斑点和斜线绘制岩石和碎石。为地上的物品上渐进色，最后拿掉遮盖物。

署名

不要忘记自己对本作品拥有所有权。在画面的边上签上名字并署上日期。这样，随着创作作品的增加，你将会随时了解自己的进步。

非自然颜色

如果你想描绘某种动物，最好从创作的题材中去获取灵感。但不一定要一直使用现实中的颜色。色彩还能表现动物的奇异与与众不同之处，有时也能暗示动物的情绪和栖息地。不要因为蓝色的狗和粉红色的猫不存在，就意味着它们在艺术作品中也不存在。记住你是艺术家，当画面需要时，就运用你的艺术天赋去创造它吧。

冰蓝色的狗

颜色都有内在的温度：暖色或冷色。红色、橙色、黄色属于暖色调。紫色、蓝色属于冷色调。了解了这些之后，就能使用颜色来暗示动物形象的性格。运用红色和橙色来创造一只魔幻的火鸟，或者运用蓝色和紫色表现冰冷的形象。

1. 上底色

首先清理干净草图上所有多余的线条或作图线。其次，选择淡蓝色作为狗的皮毛的底色。蓝色这种冷色调常常使人联想起寒冷的意象，诸如冰封的湖泊和下雪的夜晚，这些都是魔幻形象理想的背景环境。

2. 添加阴影

为阴影选择深蓝色。确定光源的方向，然后确定阴影的位置。可设想本例中的光源在头顶上，稍稍靠右边的位置，照亮了身体一侧。为阴影位置选择更深的蓝色，如左后腿的隐蔽处。

3. 添加特殊效果

给冰蓝狗身体脊梁两边添加白色的斑点。白斑的大小和硬度应有所不同。斑点的颜色和形状增加了肌理并表现了落雪的意象，最后添加合适的皮毛图案。

紫红色魔幻猫

如果时髦而信心十足的表情不能泄露这是一只会说话的幻想猫（即使是普通的猫也是如此），只要看一眼粉红色的皮毛，大家就会辨认出这只绒球般的形象具有某种不同寻常的魅力。

1. 上底色

先上粉红色作为底色（或者另外某种与众不同的颜色），表明这只猫不是寻常的家猫。给翎颌、爪子和尾巴尖使用更淡的颜色。最后，给眼白和耳毛上白色或淡蓝色。

2. 添加阴影和高光

给粉红色的毛皮上深粉色的阴影形成猫的形体。然后，绘制其余的半色调。小心排列颜色过渡的区域。沿着皮毛的方向，添加小片的白色亮光区，形成毛绒的肌理。最后，绘制紫色的阴影表示人物所处的位置在地面上，即大功告成了。

彩虹马

虽然马科的颜色呈多样性，但其颜色无非是常见的棕色、黑色、灰色、白色、黄色以及其他细微的变化色等。相反，魔幻马的颜色就可以不拘一格了——绿色、橙色、紫色等。看！这就是一匹色彩斑斓的马。这匹马的颜色就运用了色阶来表示彩虹的全光谱色，包括了全身、鬃毛和尾巴等。使用彩虹色这种色彩组合时要尤为小心。颜色太多会显得太花哨。在马蹄、眼睛和脖子等处重复使用蓝色，使整个画面浑然一体。

第八章

视角和
背景环境

　　最终的考验来临了！到目前为止，你已经学习了绘制不同的拟人化动物形象的方法和要领。下面你将尝试绘制整个场景。创造拟人化动物以及描绘它们的外表和个性是很有意思的。但如果忽略了背景环境，这些动物就会漂荡在白色的空间。那么花费这么长时间创作，却使他们居无定所岂不可惜。

　　学会绘制背景会丰富你的艺术作品。在以人物为中心的画面中，背景不是焦点，但背景可以增强视觉表现力，赋予静止的人物叙事的场景。

　　在本章中，你将首先学习如何设计适合人物形象的场景，其次学习如何运用透视法原理绘制场景。等等，无需去拿安全帽保护头部，只需铅笔、橡皮、纸张和直尺即可。现在就开始吧！

搏斗
作者　贾里德·霍奇斯
21cm×25cm

透视法基础

很久以前，艺术家就发现他们可以运用线性透视法，在平面的、二维的平面图上（如帆布或纸）来准确地绘制三维的世界。

常见的三种类型的线性透视法都使用一个、两个或三个点。它们都包括以下要素：

- 水平线：水平线代表观众眼睛的视平线。
- 透视线：聚集在水平面某一点的线条。

- 灭点：透视线条汇聚在水平线上的点。你可能会使用一个，二个，三个，甚至更多的灭点，这取决于你绘画的对象。

工具列表

所有标准工具：铅笔、橡皮、纸张和上色工具及绘制直线的直尺。另外,还有绘制水平和垂直线条的丁字尺。

真实生活中的线性透视

观察现实生活和图片中的线性透视。收缩线最常见于人工建筑中轮廓鲜明的硬边线。请注意本图中人行道和马路是如何汇聚在水平线上的（注意蓝色线条）。

人物透视

透视法的规则既适用于背景也适用于背景中的人物。设想一下人物与背景的空间关系，绘制一个透视中的盒子，即人物的高度，把人物放入此盒子中。排成一条线的人物，如果他们的高度相同，都有同样的收缩线。无论远近，水平线会在人物的同一位置穿过（本例中是穿过眼睛）。

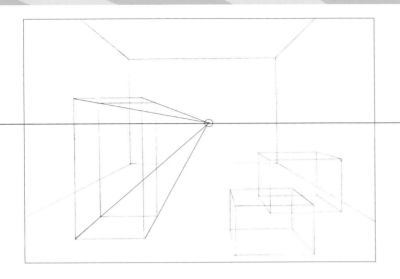

一点透视

一点透视中，在水平线上绘制收缩线到达一个灭点。再分别绘制与水平线平行的水平线和与水平线垂直的垂直线。

两点透视

在两点透视中，使用两个灭点，绘制物体的左边后退至左边的某一点，右边后退至右边的某一点位置。

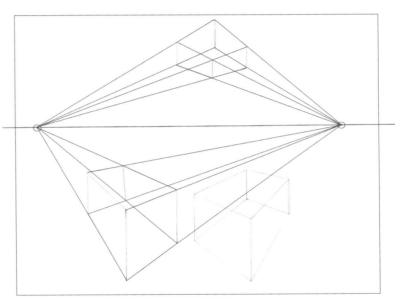

三点透视

在三点透视中，从水平线上的两个灭点开始，然后在水平线上方或水平线下方添加第三点。这个第三点由于突出了高度，而赋予画面以戏剧感。三点透视也被称为鸟瞰图（当这一点高时），或叫仰视图（当这一点低时）。三点透视中没有水平线或垂直线，所有线条都与灭点交会。

兔子彻夜狂欢图

在这几部分的图例中，你将分步骤学习如何运用单点透视法来绘制兔子彻夜狂欢的场景。

第一部分：培养创意

绘制场景的第一步就是开发创意，设计场景中的人物和物品。事先考虑好插图中的每个细节、每件物品和每件家具，就像一块块拼图一样。将这些拼图组合起来的场景就像侦探故事中的一个个线索般讲述着故事。而观众也运用画面中的东西来推断出正在发生的事情。常言说得好，"画面胜过千言万语"。

1 设计人物

开始绘制之前，最好花点时间设计一下人物形象。了解人物的个性特征、着装特点、身高、身材、显著的身体特征以及颜色组合等。有时候画个粗略的草图就已足矣，至于细节内容可在随后的实际效果图中再添加。另一方面，如果你想设计复杂的场景，或是同人物的多画面的场景，那么最好画一张设计图纸，使人物形象更丰满些。除此之外，你越了解自己的人物形象，就会更容易为人物设计各种姿势。

2 设计背景中的物品

事先想想需要哪些背景物品。小小的细节会大大影响背景环境的感觉。这是一次向观众介绍你的人物和环境的机会。例如，在这间女孩的卧室里，有一个毛绒玩具，一双溜冰鞋和一台视频游戏机，这些都暗示小女孩喜欢的东西。组合快餐和饮料又表明派对正在进行中。

3 上色和修饰画面

考虑画面中的光线。你想让光源是衣柜上的台灯还是头顶的灯，窗户中照进的阳光还是电视显示屏的光？涂上底色和阴影。完成后，检查作品的构图，修饰画面。通常在前期阶段就应剪掉画幅的边，不过即使是在后期创作阶段，要改变主意也还来得及。如果觉得需要，可以延伸画框超出衣柜之外也未尝不可，只要能改进构图结构。

彻夜狂欢的兔子
作者 林赛·希伯斯
14cm×22cm

盗贼雪貂图

在本插图中，一只雪貂从一群猫手里偷了一件珍贵物品，从而引来穷追不舍的猫群，背景是迷宫般的花园。镇静而狡猾的雪貂躲避着猫群，带着战利品——一只水晶小猫肖像逃之夭夭。这个创意取自于一个真实发生的故事，一只雪貂收藏了猫的迷途玩具，随后据为己有。

第一部分：培养创意

所有画面都具有叙事的能力。这取决于画面中的内容，叙事既有可能是人物个性的介绍，也可能是对主题深入而详尽的探索。

确立五个基本要素。在一个插图中，有"人物"、"背景"、"什么动作"以及"如何运动"这几个要素。当然第五个要素——"原因"，经常需要观众自己基于画面中的暗示去找。

绘制复杂的场景时，开始之前，最好尽可能地锁定设计图纸。预先设计好各种要素，最后你只需关心构图即可。

1 绘制人物概念

仔细研究人物，了解人物的身体结构和比例（注意：比较雪貂的细长上身与猫科匀称的身体）。至于服装设计，可以参考网络资源和书籍。选择适合人物角色的概念，再融入你的创意。最终，你的设计图能告诉观众人物是谁，人物的作用是什么。

2 绘制前景概念

前景因为位置突出的关系，经常需要对各种细节的把握，类似于人物艺术的刻画。虽然紧凑的草图可以等到最后再加，不妨先草拟多个草图，建立自己的图片资源库。

3 绘制背景概念

进行室外拍摄时，风景要逐渐后退至水平线位置。在远景中，树木、山峰和其他建筑物的细节就无需绘制了，而只需勾勒成模糊的色彩和形体即可。虽然许多远景细节不需预先酝酿，但还需提前构思复杂的物品，如城堡和标志性的旗帜。这些背景细节预示着画面外的世界。

4 设计猫形的城堡

从平面看，城堡就是一系列墙壁和尖顶的建筑，而从空中向下俯瞰，城堡又会表现为有趣的几何图形。纯粹为了好玩，，可将城堡设计为从空中看是猫脸的形状。墙壁作为脸的轮廓，头顶设计为眼睛和其他细节。即使这些突发奇想对最终的画面不起多大作用，但这些有趣的创意有时会激发新的创意，从而使你继续创作下去。

图片资源库

我们利用图片资源来分析和再现皮毛图案、身体比例、树叶和其他细节。动物和人类的图片库就是设计拟人化动物的起点。室外图片或园艺书籍有助于激发你的构图，为你提供一批植物和建筑图片资源。

小·猫图片库

请看一只流浪小猫的图片库。漂亮的橙色虎斑图案，充满活力的外貌，天真无邪的表情，这些都是理想的猫科王国中英勇的战士形象模型。

雪貂图片库

宠物是图片库的主要资源之一。雪貂常常会使人联想起坏蛋的形象来，雪貂的活力和好奇心令人难以捕捉。请保持静止不动！

室外图片资源库

构思室外场景时，可参考图片资源库，这些图片有助于捕捉各种类型的树叶、树木及流畅的颜色等细节。

第二部分：草拟室外场景

在本节中，你将学习运用两点透视法，绘制草图，找出水平线和灭点，绘制背景。

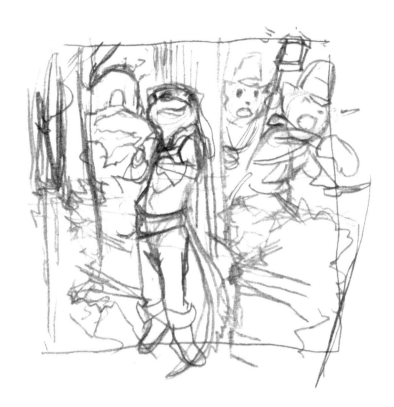

1 培养构图的概念

从基本的创意开始，参考图片资源，粗略地描绘融合人物和重要画面元素的缩略图。自由地勾勒。调换不同画面元素，尝试多个角度地创作，如有必要，可绘制多个缩略图。当整个构图能最好地表现主题时，给画面加边框，修剪出画面。

2 确定构图的边框

边框会大大影响画面给人的感觉。通常来说，宽框给人以电影般的展示效果，也能很好地描绘风景画。而长框又能突出人物形象。尝试在宽框中绘制缩略图，也可尝试伸出画框之外，扩大场景的面积大小，当然要与人物保持一定的比例。扩大场景后，场景会缺乏某些紧凑的箱型构图所具有的喜剧张力，但也拥有了一种开放感，既突出了背景又突出了背景中的人物。

3 建立两点透视

寻找构图中的自然参考线，确定画面两端的两个灭点。利用水平线和灭点作为参考线来确定构图。将猫头的顶部和水平线对齐，表示它们与雪貂的位置处于同一高度。设计城堡位于远远高于水平线的悬崖断壁上，俯视着花园。花园中的物品和小径应与灭点对齐。

4 绘制背景

扩充粗略的构图至自己预想的大小。使用草图作为指引，确立灭点和水平线的位置。接着，重建比草图中的结构高一级别的背景。安放物品，与灭点对齐。尽量使复杂的构造，如树木、柱子和树叶减少至基本的几何形状，这样才能便于运用透视法来描绘。

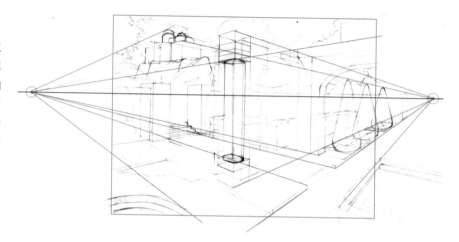

5 完成背景草图

绘制好大体的形态后，修饰背景，给建筑添加细节。环绕成片的树叶，半定形的剪影，给人一种不同树叶形状和植物类型的印象。用铅笔线描绘制作品，或用影线添加肌理、区分不同物体，并给砖石建筑添加落叶和裂缝等小细节。绘制背景时，要避免走极端，否则会忘记给人物形象留出空间。

第三部分：从人物到上色的过程

本节学习绘制场景中的人物，从粗略的基本形态开始一直到详细的形态。

其次，学习确立照明模式和上色。

1 草拟人物形象

开始勾勒人物的基本姿势。可以直接在背景艺术上画草图，或是在覆盖的描图纸上草拟皆可。至于人物的比例和身材，可参考预先画的设计图纸。将人物框在立方体内，这样有助于确定人物在背景中的位置，也能使人物与画面视角保持对齐。绘制站着静止不动的雪貂，但身体姿势沿着直立而弯曲的动作线。奔跑中的猫的身体姿势应为向前倾的跑步姿势。

背景中的演员

有时，单独在一张纸上绘制人物更容易些。但是，要完成一幅画，最终还需要运用多种技巧，将人物和背景融合起来。其中一种方法就是使用传统工具或数码技术进行剪贴和复制。从纸上将人物剪切下来，小心地放在背景上面，如果在剪切过程中有哪些部分变得模糊不清时，可重新再画。另外一种方法是将粗略的人物草图置于背景艺术的下方，使用光箱描摹人物到背景上。

2 完成人物
开始修饰人物，从设计图纸中找出衣服和人物的细节，细节的多少应与背景和人物保持一致。寻找简化人物设计的方法，着重刻画身体语言和面部表情，人物的这种所谓的"表演"能力能确定其在场景中的作用。

3 测试颜色
在线绘作品的副本上尝试不同的色彩，这样可以为最后作品的画面颜色打下基础。就本图而言，我们选用代表鲜亮的午后光芒的颜色，在花园里广茂的树叶阴影区域的衬托下，貂的形象会变得模糊不清。

从后到前，按照顺序，依次开始
上色。远处物体的细节内容应少些，
所以运用有限的暗淡的色调随着画面
前景的前移（即离观看者越来越近），
逐渐增加细节和颜色深度。选用深蓝
色的阴影遮掩雪貂和周围深色的花园。
可将几只猫的颜色设计为阳光下明亮
的黄色。这种舞台色调和色彩对比就
将画面切分成几个不同的部分。

盗贼雪貂图
作者　贾里德·霍奇斯
17cm×22cm

眼光放长远些

记住：画面越大，创作的时间
会越长。这时不妨休息一下，创
作其他作品，或从事体育活动。
分解你的工作有助于缓解工作
压力和挫折感。祝你创作顺利！

其他艺术家作品图库

欢迎来到艺术图库，请欣赏不同艺术家的精彩拟人化作品。希望你能喜欢。

沉思中的玛莎
作者　罗斯·贝奇

Minori
作者　玛丽·布兰肯希普和阿卡·马吉姆

钓鱼
作者 凯莉·汉密尔顿

桃饼早餐
作者 缪·阿卡

豆丁四胞胎
作者 罗斯·贝奇

作者作品图库

下面是贾里德·霍奇斯和林赛·希伯斯两位作者的其他作品。

这些人物是受 12 星座的启发而创作的一组系列人物中的一部分。星座（也是神话、童话等故事中的人物）是激发灵感创意的源泉。每个人物的设计灵感都源自于这些星座所表示的象征意义。例如，狮子座就是领袖的符号，是狮子以及与狮子相联系的金色的象征。这些细节就形成了身着暖色调的高傲而高贵的女狮子形象，即狮子座的另一象征。

左下角那个体积较小、三个头高的形象是狮子座的简化版本，主要突出娇小可爱的特征。

合作的结晶

下面出现的 12 星座图中的人物都是两位作者共同协作的产物。完成作品之前，贾里德和林赛各自先设计了多个草图。贾里德融合了双方的创意制作了全轮廓的人物形象，接着两人共同完成上色程序，最后林赛运用这些图片创作了更可爱的三个头高的版本。

12 星座——小狮子座

12 星座——狮子座

12 星座——白羊座

12 星座——金牛座

12 星座——小白羊座

12 星座——小金牛座

熟能生巧

最后提供给大家一点小小的建议：不断实践，不断修饰自己的绘画技艺。即使面对看似不可能的事，也永不放弃！艺术学习不是一朝一夕的事。只要坚持，辛苦和努力总是不会白费的。终有成功的一天！最后祝大家好运！祝大家绘画愉快！

索引

上海人民美术出版社独家引进出版**动漫洋学堂**系列书籍：

俊男靓女
[美]艾伦·弗洛瑞斯
ISBN 978-7-5322-6999-0
144 页　¥45.00 元

作者通过实例，描绘了不同性格特征的人物，从邻家女孩到朋克小子，从单个人物到恋人。本书向你展示了一个精彩的漫画世界，在绘画的过程中，你将体验无穷的快乐！

千兽百怪
[美]兰迪·马丁内斯
ISBN 978-7-5322-6695-1
128 页　¥45.00 元

书中四十多个逐步讲解的示例详细地告诉了你画怪物的每一步，帮助你描绘星球上甚至星球外的怪物，你会发现前所未有的乐趣。

动漫透视
[美]杰森·杰士曼·迈耶
ISBN 978-7-5322-6693-7
128 页　¥45.00 元

通过本书让你懂得如何把握透视绘画的基本原理，赋予你高级技巧和工具，使你能画出任何你想象的东西。

机械战士
[美]E·J·苏
ISBN 978-7-5322-6814-6
112 页　¥39.00 元

33 个步骤循序渐进的演示，将向你展示如何创造崭新的、令人难忘的机器人，并使它们跃然纸上，真实而强大。

动漫肖像
[美]哈瑞·哈默尼克
ISBN 978-7-5322-6815-3
128 页　¥45.00 元

40 幅分解步骤的示范图向我们展示了如何形成你独特的快速、随意、即兴的创作风格，并把肖像漫画画得既出人意料又在情理之中。

鬼怪世界
[美]基斯·汤普逊
ISBN 978-7-5322-6811-5
128 页　¥48.00 元

书中每个形象的讲解都提供相关的背景，讲解构图，注重细节，说明技法。整个创作过程逐步展开，从创意小样一直到最后的定稿。

疯狂机车
[美]德莫特·华立熙
ISBN 978-7-5322-6813-9
112 页　¥39.00 元

本书中的 20 个循序渐进的示范案例，囊括了不同时期、各种角度的汽车、卡车和摩托车。上百幅独一无二、细节丰富的黑白、彩色插画给予你全方位的指导。

仙子艺术
[美]大卫·亚当斯
ISBN 978-7-5322-6812-2
128 页　¥45.00 元

如何运用各种绘画技法，通过丙烯颜料从基本的色彩知识和构图技巧，到通过各种奇思妙想，创造出仙子和她们的奇幻世界。

漫画色彩
[美]布朗·米勒 克里斯特·米勒
ISBN 978-7-5322-6694-4
160 页　¥48.00 元

本书全面涵盖了数字化着色技术的相关知识，它会使你的黑白色艺术作品展现出逼真的色彩效果。渐进式的要点讲解，指引你体验全部色彩生成过程。

简明动漫解剖教程
[美]克里斯多夫·哈特
ISBN 978-7-5322-5901-4
160 页　¥35.00 元

本书的作者拿起这个看似困难的题材，把它分解为一些容易理解的概念，向你讲解如何利用它绘制当今最流行风格的动漫形象。

美国卡通教程
[美]汤姆·班克罗夫特
ISBN 978-7-5322-5900-7
160 页　¥39.00 元

怎样处理动漫形象的姿势、色彩和风格。在本书中，作者还带来了这个时代一些最伟大的动漫画家的作品和独特见解。

男子人物姿态大全
[美]布迪·斯格勒雷
ISBN 978-7-5322-6696-8
144 页　¥38.00 元

本书逐步并清晰地展示了顶尖艺术家是怎样利用照片素材作为参考，创作出经典漫画作品的。对想提高艺术创作能力的初学者来说，从这些照片开始是一个极好的方法。